兩人距離的概算

ふたりの距離の概算

米澤穗信

阿夜 譯

目錄

出版緣起

駭High，在推理的迷宮中

編輯部

推理小說到底有什麼魅惑之力，能夠讓世界上無數的熱愛者爲之痴狂？是鬥智、解謎的樂趣？是抽絲剝繭，終於揭露眞相時豁然開朗的暢快？是驚歎於陽光之外人性潛伏的深沉危機與社會百態的詭譎複雜？還是感佩於作家布局的巧思或高超的說故事功力？

好的小說只有一個評斷標準——好不好看（用文言一點的說法是「引人入勝」）。有的小說好看得讓人不忍釋卷、廢寢忘食，非一口氣讀完不可；有的則是讓人捨不得立刻讀完，寧可一個字一個字細細地咀嚼品味。

好的推理小說更是如此。

在台灣，歐美推理和日本推理各擅勝場，各有忠實的讀者群。推理小說是日本大眾文學的兩大顯學之一，也可說是日本大眾文學極致發展最具代表性的成熟類型閱讀，不但各大出版社都闢有「Mystery」系列，培養出眾多匠心獨運、各領風騷，甚或年年高踞納稅排行榜前茅的大師級作者，如松本清張、橫溝正史、赤川次郎、西村京太郎、宮部美幸、東野圭吾、小野不由美等，創作出各種雄奇偉壯、趣味橫生、令人戰慄驚歎、拍案叫絕、甚或影響深遠的傑作；同時也一代又一代地開發出無數緊緊追隨、不離不棄的忠實讀者。而台灣，在日本知名動漫畫、電視劇及電影的推波助瀾下，也有愈來愈多人愛上日本推理小說的明快節奏與豐富的情報功能，閱讀日本小說的熱潮儼然成形。

二〇〇四年伊始，商周出版（獨步文化前身）推出「日本推理名家傑作選」系列以饗讀者，不但引介的作家、選入的作品均爲一時精粹，更堅持以超強的譯者及顧問群陣容，給您最精確流暢、最完整的中文譯本與名家導讀，眞正享受閱讀推理小說的無上樂趣。

如果，您是個不折不扣的推理迷，歡迎進入更豐富多元的日本推理迷宮；如果，您還是推理世界的新手讀者，正好奇地窺伺門內的廣袤世界，就讓「日本推理名家傑作選」引領您推開推理迷宮的大門，一探究竟。從一根毛髮、一個手上的繭、一張紙片，去掀開一個角，去探尋、挖掘、對照、破解，進到一個挑逗您神經與腎上腺素的玄奇瑰麗世界！

序章

只是跑步，這距離太長

1 現在位置：0 km處

還是沒下雨。明明那麼用力地祈求老天爺了。

去年也是，祈願沒能實現。換句話說，祈雨只是白費工夫。一旦明白了這一點，我明年應該會抱持平常心，靜待這個時候的到來。沒必要的事不做，必要的事盡快做——折木奉太郎今日領悟到，祈雨是沒必要的事。

操場上原本聚集了將近千名的神山高中學生，此刻已經消失快到三分之一的人數，那些人都到遠方去了。我很清楚他們正在做一件徹底吃力不討好的苦差事，心裡卻無法湧現同情，因爲我也即將踏上相同的旅程。

刺耳的擴音器回音傳來，顯然有人打開了校內廣播的開關，緊接著便聽到指示：

「三年級生已全數上路。請二年A班就定位。」

班上同學宛如被什麼硬拖著似地陸陸續續朝起跑線移動，當中也有人一副勢在必得的模樣，但大多數人的神情都帶有一絲神聖的斷念，我可能也是類似的表情。

來到以白石灰劃出的起跑線，一旁站著持發令槍的總務委員，臉上卻不見冷酷鳴槍執行者應有的嚴肅。從深深留有中學生青澀的面容看來，這位總務委員應該是一年級，他正目不轉睛地盯著馬表，彷彿在叮嚀自己連一秒的失誤也不允許發生。說到底，這人只是聽命行事罷了，壓根沒思考過自己將執行的行爲對我們而言代表什麼意義；就算他思考過，了不起只會這麼想：

「不是我要這麼做的哦，只是有人派我來負責這部分，而我就做好分內的工作罷了。既非出於我個人的意願，我也不必負任何責任。」

難怪即將做出如此殘酷的行爲卻能面無表情。只見他緩緩地舉起發令槍。

到了這一瞬間，終究不可能突然發生豪雨之類足以在氣象史上記上一筆的怪現象。五月的天空澄澈且晴朗到驚人的地步，空氣也清新得令我忍不住想發脾氣。天氣好成這樣，狐狸爲什麼不挑今天嫁女兒（註）呢？

「各就各位！」

噢，對，我不是剛剛才領悟到嗎？老天爺不會回應我的祈雨，只能找出應對方案。

總務委員的視線始終沒有離開馬表，細細的手指扣下了扳機。

火藥炸開，槍口升起裊裊白煙。

神山高中的星之谷盃，終於輪到二年A班上場。

神山高中向來以蓬勃發展的藝文類社團活動著稱，藝文類社團數量之多，讓人連數都懶得數，沒記錯的話肯定超過五十個，每年秋天的文化祭更長達三天。冷靜想想，的確有點搞得太盛大了。

註：日本民間傳說狐狸嫁女兒會選在太陽雨的日子。

另一方面，運動類的活動也毫不遜色。雖然去年全國高等學校綜合體育大賽中沒有出現特別耀眼的選手，但據說武術類的社團一直維持傳承多年的活動，加上學校在文化祭之後便緊接著舉辦小型體育祭，新學期剛開始時，也會舉行球技大賽。這些沒有造成我的困擾，雖然自己也不至於開開心心地主動參加，但當當排球賽的接球手或者去跑一下二〇〇公尺接力，我還吃得下來；如果有需要，也能夠露出「揮汗運動眞是暢快呀」的笑容取悅同儕。

讓我笑不出來的是被校方要求「再跑遠一點」的時候。

講得具體一點，是被校方要求「去跑大約二〇、〇〇〇公尺」的時候。

神山高中的長跑大賽於每年五月底舉辦，據說正式名稱叫做「星之谷盃」，命名來自某位曾於長距離競走項目中創下日本紀錄的本校畢業生，但我們學生之間都不這麼稱呼這項固定活動。相較於沒有正式名稱的文化祭被大家稱做「ＫＡＮＹＡ祭」，星之谷盃幾乎被隨口叫做「馬拉松大賽」。但我因爲友人福部里志總正式地說「星之谷盃」，似乎不知不覺間受到了影響。

「星之谷盃」雖被稱做馬拉松大賽，實際的距離卻比正規馬拉松要短，這點或許該感恩了，但我還是很期待今天是個下雨天。我聽里志說，由於星之谷盃的路線內包含公有道路，校方事前申請了當天的路權，所以若遇上雨天，活動不會延期而會直接取消。

只不過里志還補充：

「很不可思議的是就校方的紀錄來看，星之谷盃至今從沒臨時取消過。」

一定是因為星之谷選手的庇佑吧。

那人肯定是個無趣的傢伙。

參賽的男同學都穿著短袖白襯衫，搭上介於紅色與紫色之間的運動短褲，那似乎叫做胭脂色；女同學則是同色的緊身運動褲。我們的白襯衫在胸口一帶繡有校徽，下方則縫上一塊寫有班級與姓氏的小布片。我那塊寫著「2—A　折木」的布片是今年開學時才縫上的，現在卻已出現些許脫落的線頭，看樣子正是當初嫌麻煩而隨便縫一縫的報應。

時值五月底，但已經不太下梅雨了。學校把活動定在星期五，應該是體貼地讓我們可以在週末休息。大賽於上午九點展開，現在氣溫還有點涼，晚一點等太陽愈來愈高，跑步時一定會出汗。

賽道路線的起點不是校門，而是從操場出發。眼看著二年A班的同學們紛紛踏上征途，我不禁在心裡低喃：再會了，神山高中，二〇公里之後再相會了。

星之谷盃的路線粗略來說就是「繞學校後方一圈」，不過由於神山高中的後方是成片綿延的山地，甚至連接到積著萬年雪的神垣內連峰（註）要是真的繞上一圈就不是長跑，而是登山了。

註：位於長野縣西部梓川上游的河谷地，海拔約一千五百公尺，屬於飛驒山脈的一部分，自古被日本人視作神的故鄉，今日稱做「上高地」。

我的腦子裡已經記住了全程的路線圖。

首先沿著學校前方的河川跑一小段，在第一個路口彎進上坡道，持續一段緩升坡之後，坡道愈來愈陡，接近山丘頂端則是一段讓人跑到心臟會爆開的險坡。

爬上山丘後，緊接著便是整條下坡道，除了坡度相當陡峭之外，坡道還出乎意料地長，要是毫無節制地直衝，膝蓋肯定承受不了。

坡道結束之後就會來到一片開闊的田園，猶記得看得見零星的民家坐落其間。由於這段是幾乎毫無坡度、延長至遠處的直線路段，對於跑者的精神層面會是最大的考驗。

跑完平地後，又將越過另一座小丘。這段上山路雖然沒有險升坡，卻是九彎十八拐，途中將經過好幾處髮夾彎，跑步的節奏很容易被打亂。

小丘的另一頭是神山市東北部，整個村落被稱做「陣出」，千反田家就位在這裡。賽道進入這段路線，成了沿著小河河畔的下坡道。

穿過山間後便回到了市區，但學校當然不可能讓我們跑在車水馬龍的馬路上，於是路線稍微繞到人車較少的小路裡，經過荒楠神社前方，來到一棟非常符合醫院印象的純白建築——戀合醫院，接著就看得到神山高中在不遠的前方。

畢竟去年跑過一遍，從頭到尾的路線都瞭如指掌，但了解並無法縮短距離。在我看來，已經曉得結論的事，就該省略過程；如果實在無法省略，就該選擇最佳處理方法。具體來說，如果不得不移動二〇公里的距離，我很想提議採取騎腳踏車或搭公車的方式，但遺憾的是這個合理的提議不可能獲得採用。

一離開學校，首先面對的河邊道路就是個難題。雖然全程路線幾乎都是車流量少的山路，但唯獨這段道路是市區外環道路的一部分，車來車往的，加上步道與馬路只以一條白線區分，沒有設置緣石，所以學校規畫以班級為單位來錯開學生的出發時間，確保跑者不會全塞在這段路上。

二年A班的同學全部跑在白線內側，成了一條細細長長的人龍，無論跑得快或慢，二〇公里的路程當中，唯有這段路上所有人都必須以同樣的速度前進，否則就會跑到車道上了。去年校方還睜一隻眼閉一隻眼地允許同學稍微跑進車道，今年卻嚴格要求所有人在這段路上排成一列前進，因為前幾天有個三年級生在市區內遇到車禍，造成校方尤其警戒；而託這嚴格要求的福，每個跑者的身前身後都有人，跑起來極為困難。

這段路大概有一公里長，前進速度緩慢到接近慢跑的程度。不過也好，前方的路還長，就當作是暖身吧。

我沒多久便跑完了這一公里，接著迎向一處劇烈的右轉彎，賽道由此開始偏離市街道路，朝學校的後方前進，也就是進入了上坡道。

人龍登時散了開來。或許是前段無法恣意放開腳步跑的反撲，班上幾名陽光型的男同學迅速往前衝去；女生則是開始出現三兩成群的小團體，可能是之前約好了一起跑完全程。

至於我，在此時放慢了前進速度。

愈跑愈慢。

速度幾乎等於是在步行，但我還是做出正在跑步的樣子。

雖然這麼做有點對不起星之谷選手，但老實說，我沒心思悠哉悠哉地專注在長跑上。

在這二〇公里長跑結束之前，我有個不得不思考的事情，而現在只剩下十九公里讓我動腦。

進入上坡道大約一〇〇公尺處，後方有人喊了我。

「找到你啦！奉太郎！」

我沒回頭，對方主動湊到我身邊。

接著這小子——福部里志跳下他的越野腳踏車。

我一直覺得里志是個從遠方看來甚至分不出是男是女的溫和男孩，前陣子偶爾翻到中學畢業紀念冊，才驚覺他的面容變了好多，當然不是指五官輪廓有什麼明顯的改變，而是這一年來，他的神情變得非常成熟，加上我們三天兩頭湊在一塊兒，我遲遲沒發現他的改變。

今年里志升上了學校總務委員會的副委員長。由於星之谷盃由總務委員會主辦，委員不必參賽，而是必須早早在大賽展開前，前往各自在賽道上被分配到的駐點。里志戴著黃色安全帽，牽著他心愛的越野腳踏車。我瞥了一眼，對他說：

「蹺班聊天沒關係嗎？」

「沒問題的，剛才確定過起點那邊一切進行順利，接下來我只要守著全校最後一名跑者平安抵達終點就完成任務了。」

「辛苦你了。」

我曉得里志這位總務副委員長之所以獲准不必跑二〇公里，是他必須負責監督分散於賽道各駐點的總務委員，這小子接下來還得騎著越野腳踏車在二〇公里的賽道中來回奔波，確認各駐點沒有發生意外插曲。里志聳了聳肩回我：

「還好啦……好在我還滿喜歡騎腳踏車，到處轉並不覺得辛苦，只是覺得這差事有點弔詭，明明是用手機就能解決的事。」

「怎麼不跟上面提議？」

「因爲沒辦法保證全校學生人人有手機呀。不過實際上，萬一眞有人在比賽中受了傷，到頭來還是會用手機叫救護隊就是了。看來委員會的規則果然有必要比照現況重新修訂了。」感嘆完總務委員會的墨守成規之後，里志突然換上嚴肅神情說：「然後呢？有頭緒了嗎？」

我慢吞吞地移動腳步，愼重地回道：

「還是一團迷霧。」

「摩耶花啊……」里志說到這便支吾了起來。我知道他要說什麼，於是接了口：

「她會懷疑我，也是無可厚非。」

「不是的。就我知道，她好像覺得問題不在你身上哦，雖然她的說法有點刺耳，她說：『我不覺得是因爲折木幹了什麼事才導致這次的事情，因爲他是從不主動採取行動的傢伙。』」

我不禁苦笑以對。確實很像伊原會說的話，而且她還說對了。昨天，我真的什麼都沒做。

「如果問題不在我身上……」

「就只有一個可能了。」

里志深深嘆了口氣。

如果癥結不在我，就只剩一個人有嫌疑了。我想起了昨天發生的那件事。

2 過去：一天前

放學後，我在社辦裡讀著文庫本，是本描述一名日後成爲大間諜的男子年輕時代的時代小說，故事意外地有趣，我不知不覺讀得津津有味。

神山高中的藝文類社團多不勝數，每年都有幾個社團消失、幾個社團誕生，社辦也常隨著新學年的開始而有所更動，然而古籍研究社的社辦卻始終是地科教室。我個人並沒有特別眷戀這個空間，但畢竟待上了一年，不知不覺間有了自己的固定座位，我今天也一如往常，窩在從教室後方數來第三列、可眺望操場的窗邊數來第三張課桌前。

小說剛好讀完一章的時候，我下意識地抬起頭歇口氣，這時社辦的門拉了開來，只見伊原眉頭緊蹙，一副困惑不已的神情走進來。

升上了二年級，伊原摩耶花也有了些許改變。明顯的改變是，原本身兼古籍研究社和漫畫研究社兩社社員的她退出了漫畫研究社。她的說法是「覺得累了」，但就里志轉述時那欲言又止的神情來看，顯然另有內情，但我沒追問。

伊原的外表倒是沒變，要是把她扔進一年級新生當中，再叫人揪出二年級生，恐怕叫一百個人來試也沒半個人答得出正確答案。只是我知道伊原最近開始會別髮夾了，不過要不是里志聊到這一點，我也一直沒察覺。

社辦裡目前除了我還有千友田，雖然直到剛才都還是三人。

伊原開口了：

「噯，發生什麼事了嗎？」

「沒有啦……」吞吞吐吐回答的是千反田愛瑠。

今年依舊由千反田續任古籍研究社社長一職，記得她這陣子都沒剪頭髮，應該是長長了一點。

伊原轉頭看向門外走廊，感覺她似乎壓低聲音地說道：

「我剛剛在外面遇到小向，她怎麼說不入社了？」

「什麼？」

「而且眼眶通紅耶，她剛才哭了嗎？」

千反田驚訝得說不出話，接著她沒回答伊原的問題，緩緩地獨自囁嚅：

「……是哦。」

不知道發生什麼事了。

一年過去，我們幾個升上二年級。新生入學，古籍研究社也舉辦了招募新生活動，雖然過程有些曲折，總之最後我們有了一名新社員——大日向友子。

大日向已經交了體驗入社申請表，只等之後她交出正式入社申請即可。大日向很快就和伊原混熟了，和千反田也時常有說有笑，雖然是個有些活潑過頭的女生，我並不曾因此刻意冷落她，我們都以爲大日向會就這麼順理成章地入社。不，或許其實是我們都壓根忘了交了體驗入社申請表後還有個正式入社申請手續必須處理。

此刻她卻突然說不入社了。居然在我讀著書的幾十分鐘之間，全部翻了盤。

千反田面朝伊原，雙脣微顫，又說了一遍：

「是哦……」

這似乎已是她竭盡全力所說的出口的話語。伊原顯然原本打算追問詳情，見狀硬是把問題吞回去，她說出口的是：

「小千，妳還好嗎？怎麼了？」

「果然……是我的錯。」

「什麼東西是妳的錯？如果妳在說小向的事，不是妳的錯啊，因爲她也這麼說了。」

「抱歉，我先回去了。」

千反田堅決地打斷伊原的話，抓起書包便衝出地科教室，我只能望著她離去的背影。

伊原目送千反田的身影直到消失，才猛地回頭看向我。她面無表情，且聲音不帶抑揚頓挫：

「這下好了。發生了什麼事？」

但我愣愣地張著嘴，搖頭以對。

3 現在位置：1.2km處

神山高中社團雖多，卻沒有限制招生人數。一到四月，校內各社團的招募新生活動只能以火熱來形容。去年的我因爲沒打算加入任何社團，對所有招生活動都視而不見，但今年卻是身處招生戰場中。直到初次接觸我才明白，這根本就是一場拚得你死我活的大戰。

各社團爲爭奪剛入學還分不清東西南北的一年級新生，無不卯足了勁招生，難免有些狀況發生，比方說，有的新生其實想推卻推不掉，只好硬著頭皮入社，雖然沒明確拒絕的新生本身也有責任，但聽說有些社團非常強勢，爲了湊人數而無所不用其極。站在校方的立場當然不鼓勵這種作法，因此學校規定入社分爲「體驗入社申請」和「正式入社申請」兩階段，就是爲了確認新生入社的確是出於個人意願，如果過了期限沒有交出正式入社申請表，視同退社。

然後，繳交申請表的最後期限就在本週五，也就是舉辦星之谷盃的今天。

我再次向里志確認：

「就算沒交正式入社申請表，不代表從此不能再加入那個社團吧？」

「當然，神山高中的社團都是隨時可加入、隨時可退出的，完全是自由主義。」接著他有點吞吞吐吐地補充：「只不過啊，各社團的預算是根據體驗入社期間結束當時的人數爲基準，所以各社團當然不樂見入退社是發生在預算確定之後。再說，問題的重點是——」

「我知道。」

重點不在行政程序上。

早在昨天察覺可能出事了的當下，我就該立刻有所行動。即使當事人大日向和千反田都已離開，事情放了一天沒處理就幾乎等於沒救了。等這個週末一過，大日向的退社木已成舟，別想再有翻案的一天。

今天星之谷盃結束後學校沒有排課，只有一堂班會，上完就放學了。

換句話說，要阻止大日向退社只剩今天一天的機會，偏偏今天幾乎沒機會碰到她。

「我也只是間接聽到一點狀況。」里志稍稍壓低聲音，「聽說昨天放學後，大日向同學好像很氣憤還是情緒低落之類的，可是原因不明？」

「我當時在場，可是只是專心看我的書而已。」

「也就是說，問題出在千反田同學身上了。可是這樣又跟摩耶花聽到的內容不符呀？」

眼前的上坡路段還沒進入最恐怖的險坡，只見夾道兩側是一戶戶的民家，且依舊綿延著緩坡。身後一名跑者輕快超過龜速的我，大概是比我後出發的二年B班中、哪個擅長跑步的傢伙。

我幽幽地問了：

「伊原怎麼跟你說的？」

我邊說邊瞥了里志一眼，發現他難以置信地看向我。

「搞什麼？你沒聽說嗎？」

「她什麼都沒講啊。」

「喔，大概是沒空講吧。只不過如果由我轉述，可能會有點出入哦。」里志的視線稍微游移，他接著開口了，語氣不太有自信，「我沒記錯的話，大日向同學好像說，千反田同學是『宛如佛陀的人』之類的，我只記得不是講壞話的語氣。」

我完全沒聽說這一段，我只知道大日向說決定不入社了。

「你確定這是大日向昨天說的話？」

「用詞可能有出入，不過確實是昨天的事。」

那麼大日向吐露過的訊息就有兩個了，一是「不入社」，二是「千反田是宛如佛陀的人」。若真如此，可以單純推出一個結論：「大日向決定不入社，但問題不在千反田身上。」

這麼一來，讓大日向決心退社的罪魁禍首就是我了，可是我昨天真的什麼事都沒做。

我當然不是毫無記憶，也不是什麼都沒聽到，昨天進社辦前我曾經和大日向稍微聊了一下，後來在社辦裡，我即使顧著看我的書，也隱約聽到她們的談話，但真的只是如此而已。

「……看來事情果然不單純。」

「是嗎?」里志卻低喃:「我倒是覺得很單純哦。新生來體驗入社,後來改變心意,於是決定退社。整件事就是這樣。」

即使只是做做樣子,我畢竟是跑者的一員,所以牽著越野腳踏車的里志選擇跟在我身後而非並肩前進。他不愧是愛騎腳踏車一族,腳力相當好。

一小段沉默之後,里志像是放棄等我開口似地繼續說了:

「嗳,奉太郎,這麼講聽起來可能很沒血沒淚,但我覺得大日向同學如果決定退社,那也是沒辦法的事。她那個人確實滿有意思的,摩耶花好像也很喜歡她,可是既然是她本人做出的決定,旁人也不能多說什麼。」接著他看向我,補了一句:「其實我本來覺得會這麼說的人應該是奉太郎呢。」

他說的一點也沒錯,事實上,昨天伊原一臉困惑走進社辦,我也一直覺得這是無關緊要的小事。

而且大日向一定有她自己的考量。神山高中允許學生最多身兼兩社社員,如果她有興趣加入的社團共三個,最後會選擇捨棄古籍研究社並不意外,畢竟是個活動目的不明的社團。她大可對我們說,她發現了有興趣的運動,或是加入學校委員會,或是想以念書為重等等,要退社的理由要多少有多少;相較之下,古籍研究社沒有任何留住她的理由,我們只能對沒緣分同處一社團感到遺憾罷了。

我後來之所以變得認眞看待這件事，的確出於幾個原因，不過我不想邊跑步邊對里志逐一說明。他等會移動都有腳踏車在，我可得靠著這雙腿跑完全程，邊跑邊說話很容易累，我決定一路上盡量少開口為妙。

里志似乎看出我不打算回應，換上輕鬆的語氣：

「哎呀，不過啊，如果你決心要慰留她，我也不會阻止你的。所以現在呢？你打算去找大日向同學懇求她不要退社？」

出乎意料的一句話。

「懇求？」

「是啊，像這樣低下頭說：『很抱歉之前我們似乎讓妳留下了一些不好的回憶，還請妳大人大量，再給我們一次機會吧！』」里志邊比手畫腳邊講完之後，露出一臉不可思議的表情問道：「你沒要這麼做嗎？」

想都沒想過。雖然這不失為一個方法，但是，

「大日向也是有她的理由才決定退社的，要是沒弄清楚癥結何在，一味懇求她回來，事情一樣沒解決。」

里志沉吟著：「解決事情啊。『懇求』的確不像奉太郎會做的事，不過呢，火速道歉加上死命懇求，說不定意外地是個解決事情的捷徑。」

是嗎？總覺得半信半疑，我不覺得對大日向死命慰留能夠讓事情圓滿收場。

再怎麼說，我本來就沒有想慰留大日向。但是我沒辦法不找出大日向心裡的癥結為

何，就一味死皮賴臉地求她寫下正式入社申請表，並表示之後一切都不干我的事，這只不過是拖著棘手的事不處理罷了。我喜歡避開風險，也喜歡省略，卻不喜歡拖延。棘手的事就算視而不見，總有一天一樣不得不去處理，而且只會變得更加棘手……

「我沒打算求她。」

「那麼你是想正面進攻來說服她？」

「那也很麻煩，再說你覺得我口才好嗎？」

「不覺得。比起長篇大論有氣無力地說服，以一句含意深遠的話一決勝負，才是奉太郎的作風呀。」里志說到這抿起了嘴，視線筆直盯向我，「剛才你說了事情不單純，對吧？奉太郎，莫非你想調查出大日向同學決定退社的原因？」

說什麼調查，太誇張了。

「我只是想，不如來把她入社至今的過程回想一遍。回想又不花力氣。」

里志思考了一會兒，說道：

「……回想嗎？原來如此，換句話說，你不覺得大日向同學發怒或悲傷的問題癥結出在昨天放學後的事，原因——或許該說是遠因——根本在別的事情上頭嘍？」

相當敏銳。

我很確定自己昨天什麼都沒幹，至於千反田，即使不考慮伊原那段「宛如佛陀的人」的證詞，單單是和千反田對話，可能突然心裡深深受傷或是被嚴重激怒嗎？

雖然這麼講很毒，但如果是伊原我還能理解，她很可能隨口一句話便置人死地或猛地刺傷人；但我不得不懷疑千反田是否會幹出這種事。

這麼一來，合理的推論就是原因不只發生在昨天，也就是說大日向從入社後的這段日子，心裡因爲某些原因累積著讓她難以排解的不快，而在昨天終於忍無可忍，情緒爆了開來。

「雖然你不覺得那是調查……但看來還是有相當難度，是吧？」

「是啊。」

「因爲無論你再怎麼努力回想起細節，也不保證能夠蒐集到所有必要的資訊。」

「嗯，是啊。」

古籍研究社的社團活動不是每次都全員到齊，我也沒每天跑社辦，期間沒看到、聽到的事不勝枚舉，要是整件事情是從和我扯不上關聯的事開始與結束，光是回想根本徒勞無功。

然而，雖然時機還沒成熟到可以向里志說明，事實上我心裡有一點眉目。大日向入社體驗的這段期間，我也曾經發現她的言行當中有些許奇妙之處，說不定追著這條線下去能釐清些什麼；當然也可能是我想太多，總之我打算思考看看。畢竟全程有二〇公里，只是跑步，這距離太長。

我說話了。

「要是有想知道的事，我會開口問的。」

里志一臉訝異地蹙起眉頭：

「問？問誰？我話講在前頭，我接下來得去巡邏了哦。」

「我知道，但總會在哪裡又遇到的。而且，」我衝著里志露出笑容，「伊原和千反田晚點也會跟上來呀。」

里志先是一愣，接著一臉訝異地說：

「太過分了！居然在打這種主意！總務委員會可是拚了老命籌辦這星之谷盃，你就不能感恩一下嗎？」

「是馬拉松大賽吧。」

有些事還是非得親口問伊原和千反田不可。

另一方面，也得在今天之內和大日向談談才行。

要一併完成這兩件事，方法只有一個。

星之谷盃爲了避免所有跑者擠在一塊兒，以班級爲單位錯開出發時間。我是二年A班，記得伊原是C班，而千反田應該是二年級最後一班H班。只要我慢慢跑，伊原遲早會追上我；我再跑得慢一點，就堵得到千反田。

「大日向是幾班的？」

「B班。所以排在很後面很後面哦。不過，哈哈，這下我就放心了。也對，奉太郎怎麼可能認眞跑星之谷盃嘛。」里志笑著說。

眞沒禮貌，去年我可是乖乖地跑完了全程，雖然途中幾公里、或許十幾公里，用走的就是了。

「這下就清楚你的計畫了，我也差不多該上工啦，蹺班打混也有個限度的。」

說著里志跨上越野腳踏車。

腳放上踏板正要踩下，不知怎的他又猶疑了一下，停下動作回頭看向我：

「身爲好友，我只提醒你一件事。奉太郎，不要涉入太深哦。你平常都不太在意別人的事，所以別忘了，關於大日向同學的這件事，你眞的一點責任也沒有。」

這說法也很過分，不過我知道里志想說什麼。他應該是想告訴我，無論怎麼看這件事、無論查出了什麼，最後的決定權還是在大日向身上。有辦法把驢子牽到水邊，也沒辦法強迫牠喝水。我確實應該記住這一點。

「那我先走啦，晚點在賽道的哪兒再碰面吧。」

「嗯。」

里志使勁踩下越野腳踏車踏板，朝上坡方向騎去，卻是騎得四平八穩，眼看速度愈來愈快，他的屁股始終穩穩黏在座椅上，身子微微前傾朝遠方離去。

我踏著短短的步幅慢呑呑地跑著，目送他的背影。

說是要找伊原和千反田問話，卻不是件簡單的事。

就算我堵到了人，也不可能長談，尤其是伊原，說不定根本不願停下腳步和我講兩句。這麼看來，從她們追上到跑超過我的空檔，頂多只能問上一、兩個問題。

沒辦法問清楚細節，那我該問什麼？得在她們追上我之前清楚整理好問題，不能浪費僅有的機會。

要問正確的問題，必須對狀況先有正確的掌握，所以首先我必須弄清楚神山高中一年級的大日向友子究竟是什麼樣的人。

我試著回想。昨天千反田離開社辦後，教室裡只剩下我和伊原，她當時是這麼問我：

「這下好了。發生了什麼事？」

我無言以對，於是她又補了一段話：

「不知道嗎？也對，你不會去關心周圍人們。」

雖然她只是無心之言，我卻感到胸口一刺。

不只是昨天放學後我只顧著看自己的書，我確實不曾關心大日向。關於我這個性，里志常說我不喜歡和人相處，雖然以偏概全卻也說中一部分。說不定在旁人眼中，我對於大日向的態度，還要更冷漠一些。

我對大日向的喜怒哀樂幾乎不感興趣，這正是對於他人的輕視。事到如今還有挽回的餘地嗎？就在這二〇公里之內？只是跑步，這距離太長；但這長度是否長到足以去理解一個人，我不知道。

得動腦才行。

上坡道愈來愈陡了，不知何時夾道的景物成了杉樹林，又有人追過緩慢跑著的我。

認識大日向是在四月，社團的招生活動上。

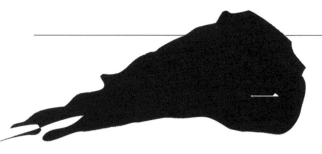

一

入社申請在這兒

1 現在位置：1.4㎞處。剩餘距離：18.6㎞

山路的路幅寬廣，還是新鋪的路面，卻完全不見車輛經過，我身前身後清一色都是身穿運動服的神山高中學生。這條位於學校後山的山路，簡直像專門為了星之谷盃而設。在後方的伊原應該正朝我接近，在堵到她之前，我想先清楚回憶起社團招生當時的事。

我試著計算還有多少時間讓我整理狀況。

一個班級出發後到下一個班級出發，大約間隔三分鐘，我是A班而伊原是C班，也就是我早了她六分鐘出發。

賽道最初的一公里，所有人幾乎都以相同的速度前進；我在進入上坡道，里志追上我後稍微放慢了速度，所以平均來看應該大約是偏慢的慢跑速度。

聽說人類緩行的速度大約時速四公里，正常走路則加倍。前陣子讀過的小說裡出現一旦步行速度低於四英哩便會挨罵的橋段設定（註），遺憾的是我不記得一公里相當於幾英哩，這段故事無法做為參考。總之先估計介於緩行和正常行走的速度之間吧——時速六公里；至於伊原，因為她會比我認真，假設時速七公里。這麼一來，伊原要追上早六分鐘出發的我，會是在賽道的幾公里處呢？

幾公里處？

我在腦中又是除又是乘地計算起來。我的數學成績一向不錯，而且這不是高階的數學問題而只是算數，不過全得靠心算，又不像平時有筆記本和自動鉛筆在手邊那麼順手，加上我一邊在跑步，腦袋的運作不比平日，花了很長的時間才得出答案。我想著這些藉口，腦中套用距離、時間與速度的公式計算。

唔，據我估算，一分鐘大約能拉近十七公尺的距離，所以伊原追上我就會是在四．一公里處，至於兩人距離的概算……總之就是快追上來了吧。

明明可以獨自思考的時間和距離都沒剩多少了，我還花時間和距離在計算我們之間到底剩多少距離，作法也太蠢。為了取回浪費掉的時間和距離，方法有兩種，一是我稍微認眞一點往前跑。

二是，盡快把那一天發生的事回想過一輪。

那一天……如果沒記錯，那是和今天一樣、非常晴朗的日子。

只不過肯定比今天冷。

2 過去：四十二天前

社團招生週的最後一天是星期五，這天有個特別的名稱叫做「贏新祭」，據說不是有

註：此指美國現代恐怖小說大師史蒂芬・金（Stephen Edwin King, 1947—）以筆名理查・巴克曼（Richard Bachman）發表於一九七九年的長篇小說《長征》（*The Long Walk*），故事描述一百名青少年參與一場必須不斷步行前進的生存遊戲。

人特地取的，只是講起來順口，大家就都這麼稱呼罷了。

神山高中的社團招生爲期整整一週。

星期一的放學後，一年級新生集合到體育館內聆聽各社團簡介，首先由學生會與各委員會開頭，星期二開始就是各社團使出渾身解數上臺推銷自己的時間。由於校內社團數量龐大，整個社團簡介活動一共跨了四天的放學後時間。

去年當然也舉辦了同樣的招生週，只是我對玩社團沒興趣，放學後就早早回家。但今年我是站在社團的立場，爲了招到新生，多少得了解一下敵情，於是我在星期二被千反田拉去體育館觀摩。

各社團的上臺時間是五分鐘。話劇社演了一齣短劇，服裝研究社上演服裝秀，合唱社與人聲音樂社忠實地呈現了其音樂性的差異，運動類的田徑社甚至還把緩衝墊搬上臺並在現場表演跳高。

當中也有在推銷方面不吃香的社團。好比占卜研究社是一人社團，那位社長兼社員卻不喜高調行事，她以沉穩的聲音大致解說一遍卡巴拉（註）的歷史後旋即放下麥克風；料理研究社也說不上吃香，總不能站上體育館舞臺便開始煮菜，所以他們只是宣布週五的贏新祭上將備有山菜料理免費招待，請新生前往捧場，說完便下臺；圍棋社在舞臺上下起棋來，但怎麼看都是個失敗的企畫，因爲沒有解說用的大盤，沒人知道臺上的兩人誰下哪步棋，至少多個解盤的人也好，偏偏他們全社團就這兩名社員，體育館裡的時間彷彿凍結，直讓人坐也不是站也不是。

然而現在不是同情圍棋社的時候，我發現五分鐘意外地漫長。古籍研究社的上臺時間被排在星期四。升上二年級，里志和伊原都變得很忙，幾乎沒來社辦露臉，不過唯獨招生週的這個星期三卻全員到齊。

「怎麼辦？」

我這問題包含兩個意思，一是這五分鐘大家打算怎麼辦，還有到底能怎麼辦。

「總之加油嘍。」但從伊原的語氣聽起來，她顯然毫無加油的意願。

「也是，加油吧。」我應和著。

「加什麼油啊？」她卻嗆了我一句。

是妳自己先說要加油的啊。

「我身為社長，本來應該由我出面向新生介紹古籍研究社的魅力的，可是……」千反田愈講愈含糊，想也知道她說不出口的話是「可是我想不出本社有什麼魅力足以介紹給新生」。而且重點是——

「就算把千反田推上臺叫她招生，我想不會也有人想入社的。」

「還敢講人家！你自己呢？」

註：卡巴拉（Kabbalah）是源自猶太民族的神祕學，有著獨特的命運觀與人生觀，認為宇宙的根本原理乃是由數字構成。日後發展出的數祕術占卜便取卡巴拉之名，透過出生年月日等數字為人占卜運勢吉凶。

「沒啦沒啦，折木同學說的沒錯。」千反田連忙安撫朝我咬上來的伊原，「我自己也曉得我其實很不會拜託別人。」

千反田拜託人的時候氣勢很強，誠意也滿點，但這也代表她完全不懂強行推銷的技巧。如果我們事先幫她準備好足以打動新生的資料，說不定派她上臺會很有效果，可惜我們根本沒籌碼。

不過伊原說的沒錯，我的確直接略過了自己。要是把我推上臺面對一群一年級生，我肯定只說得出：「敝社平常沒有特別辦什麼社團活動，不過倒是有個社辦在，有興趣的人歡迎來看看。」

可是要交給伊原，也讓人不太放心。

「我不覺得小千妳不擅長推銷呀。只不過要是我上臺，搞不好會講出不該講的話……」

看來她也很有自知之明。

這麼一來，還是只能交給某人了。

里志故意擺出不甚情願的表情，眼角卻是帶著笑意。

「應該大致講一下就好了吧？如果沒有更好的提案，我是可以上臺當作消遣閒扯一通啦。」

於是就這麼決定由里志上場了。

「星期四的部分就這麼做吧。至於星期五，就交給千反田同學你們決定嘍，如果需要用到火或是電，最晚在明天之前要提出申請哦。」

里志留下站在總務委員立場的發言之後便迅速離去了，後來我才曉得他被選上副委員長，這陣子忙得不可開交。

然後到了星期四的放學後，福部里志以古籍研究社代表的身分獨自踏上舞臺，劈頭就是漂亮的開場白：「剛才我來體育館的路上，聽到工藝社那邊傳出拿鐵鎚敲東西的聲響，噹啷噹啷的，彷彿在說：『稱・霸・天・下。稱・霸・天・下。』這眞是個大好兆頭啊！表示一定有很多同學即將加入敝社嘍！大家好，我們是古籍研究社！」里志適度穿插幽默話語的演講逗得新生聽得還滿開心的，他滔滔不絕地講了四分三十秒結束，在零星的掌聲中退場，緊接著由珠算社上臺。

我不由得再度深深佩服這位老友的偉大才華。

里志的演講內容說穿了壓根和古籍研究社八竿子打不著。但就算正題毫無內容可發揮，要塡滿演講時間完全不是問題，這正是里志厲害之處，是沒人學得來的神技了。

接著到了星期五，天氣非常晴朗。

神山高中的校舍正前方有塊類似迎賓中庭或是迴車用的空間，設有幾座花壇。這天的午休時間，各社團和總務委員會一同把桌子搬到中庭擺起攤位，但因爲花壇的關係，無法排成筆直的一列，最後排出了幾條用桌子圍起的彎道。

由於里志有總務委員的工作在身，古籍研究社的攤位就由我代表搬桌子，雖說「沒必要的事不做」，這種出勞力的差事，總不好推給伊原或千反田。我依照指示把桌子和鐵椅搬到定位後，午休也結束了。午後的課堂上，我從教室窗戶俯瞰下方排好桌椅的招生會場，排著幾十張桌子的中庭總覺得有股迷宮的氛圍，顯得別有深意。

放學鐘聲尚未響起，我已被二年A班教室內浮躁的氣氛淹沒，四面八方傳來同學的竊聲交談：「你那邊都準備好了嗎？」或是「等一下衝第一哦。」等等，更有性急的同學早早就把寫著「必勝」的臂章戴上，也有的人大剌剌地把絨毛玩具熊擺到課桌上，卻看不出他們各是隸屬哪個社團。我當然知道大家如此興奮的原因，要是動作太慢，一年級生放學後直接離開學校，一切為招生活動所做的準備等於付諸流水，因此起跑點的衝刺尤其重要。

鐘聲一響，放學了，班上同學爭先恐後地衝出教室，恐怕二、三年級的每間教室都是同樣的光景。雖然不甚情願，我也在最後加入了他們的行列。

原本只擺了桌子的中庭裡，很快地有人豎起旗幟、貼上海報，立式或手拿式看板紛紛出籠，隨意一瞥便看到各式各樣的招生口號：「加入化學社吧！你和我的焰色反應」、「要賭上青春，沒錯！打籃球正是最佳選擇」、「縫製的喜悅‧著裝的樂趣——服裝研究社」、「蒼天已死，當入史研」、「還差一人就滿十一人嘍！——足球社」；此外，應援團（註）搬出團旗，啦啦隊社的社員則是圍成一個圓形；那頭製菓研究社的攤位飄散出紅茶的香氣，這頭茶道社也忙著鋪上紅毛氈為戶外茶會做準備；還有個攤位上所有的人員都纏著頭巾，一副勢在必得的模樣，仔細一瞧原來是廣播社。放學鐘聲響完不到十分鐘，招生會場已呈現祭典般的沸騰狀態。

招生活動從三點半左右開始，六點必須全部撤場完畢，了不起只會存在兩個小時的狂熱祭典，就是俗稱的「贏新祭」。「ㄧㄥㄒㄧㄣ」兩字，不是寫成「歡迎新生」的「迎新」，而是「贏取新生」的「贏新」，似乎是神山高中特有的傳統。

大多數的社團都只被分配到一張長桌，但或許考量到社員人數或社團受歡迎程度等等暗中的政治因素，幾個社團還申請到總數稀少的大型長桌。至於哪個社團被分配到哪個攤位，當然事前就決定好。聽說古籍研究社的攤位是十七號，於是我東張西望地邊走邊找。

「折木同學，在這邊！」是千反田的聲音。

雖然我原本就不抱期待，不出所料，十七號攤位位在會場的邊陲地帶，桌面立著一張簽名板，上頭以毛筆寫著「古籍研究社」，字跡秀逸而灑脫。招生的確必須有張看板標示我們是哪個社團，但先前都沒聽千反田提過要準備這類東西。她似乎看出我的心思，有些靦腆地說：

「這是趁午休時間趕出來的。我也覺得再可愛一點比較好，只是不知道該怎麼做。」

那麼這毛筆字就是千反田寫的，平常她的字跡還要再方正工整一點，沒想到一拿起毛筆，下筆卻相當活潑。不過，嗯，就像她自己說的，不是可愛的字跡。說不定叫伊原加上

註：應援團，日本特有的傳統加油隊伍，清一色由男性組成，以獨特的威武裝扮、硬派粗獷的吶喊、擊鼓與舉旗等方式於各種場合發揮提振聲勢、鼓舞士氣的作用。

一些插畫會好一點，不過這都是事後諸葛。

千反田坐在鐵椅上，穿著黑色大衣，釦子沒扣上，看得見大衣下的水手服白上衣和領巾；我身上的白色軍裝大衣也穿得緊緊的沒脫下。雖然贏新祭氣氛熱烈，但今年到了四月還是很冷，我環顧四下，發現無論招生的或被招的，幾乎所有學生都穿著防寒衣物。

古籍研究社的隔壁是水墨畫社和百人一首（註）社，都只有一人顧攤位。我打著招呼說借過，好不容易鑽到古籍研究社的攤位內側，坐到千反田的旁邊。那張寫著「古籍研究社」的簽名板就擺在我倆中央。

里志說今天不會過來，因爲委員會那邊實在太忙了；至於另一位——

「摩耶花同學還是沒辦法過來。」

「因爲漫研社也在的關係？」

「好像是，她總不好去那邊露臉。」

我默默點了頭。之前聽說伊原後來在漫畫研究社的立場變得很微妙，可能連在招生會場和漫研社的人打到照面都很不好受吧，不過也好，伊原也跑來就傷腦筋了。因爲這張長桌搬來的時候感覺很大，實際一坐到桌前卻發現根本不是那麼回事。

桌幅非常短。

光是兩人並肩坐著，便擠得讓人有些呼吸困難。要是千反田再機伶點，稍微把椅子挪開一些會好過得多，但遺憾的是這傢伙和他人之間的距離意識相當獨特，雙方靠近到幾乎肩碰肩，她也絲毫不以爲意。

我輕嘆了口氣，決定教自己不要太意識到這一點，何況覺得攤位狹窄的不止我們，就我視線所及，攝影社和全球關懷社的攤位都被擺得滿滿的作品裱板淹沒，社員得從中探出頭進行招生活動。

總之，現在得望著前方盡力搶奪經過攤位前的新生才行。

帶著既期待又怕受傷害的神情、臉上還留有濃濃中學生青澀的一年級新生陸續出現了，我甚至聽得到各攤位彷彿舔舌張嘴說：「獵物上門嘍！」的聲音，贏新祭的會場上充斥著接客用笑容。

古籍研究社當然輸人不輸陣。來喲來喲！小姐少爺來看看哦！不急著趕路的話請靠過來逛逛吧！愉快無比的古籍研究社，入社申請在這兒喲！

玩五分鐘我就膩了。

再說根本沒半個人靠過來我們攤位。

「拉人入社，是要怎麼拉呢？」我望著一個個走過眼前的新生嘀咕著。

千反田輕輕地把雙手交疊在大腿上，直視攤位前方說：

註：「百人一首」原指日本鎌倉時代歌人藤原定家的私撰和歌集，匯集日本王朝文化七百年的一百首名歌，代代傳頌，家喻戶曉。今日多指印有百人一首和歌的紙牌，或是用這種紙牌來玩耍的「歌留多（カルタ）」遊戲。

「要是有黏鳥膠就好了。」

這名詞我聽過，卻沒見過眞正的黏鳥膠或黏竿。是說至少該用捕蟲網吧？但我接口的卻是：

「用捕鳥網不是比較有效率嗎？」

「或許吧，可是那是違法的。」

「又不會被發現。」

「折木同學你是那種半夜看到紅燈會毫不在意地闖過去的人嗎？」

「我是半夜不出門的那種人。」由於這段對話太過空虛，我甚至感到一絲悲哀，「妳應該是會依舊乖乖遵守交通規則的吧？」

「我是半夜出門的活動範圍內都不會遇到紅綠燈的那種人。」

眞的可以再空虛一點。

由於來之前便預想到可能會有這種狀況，我帶了文庫本放在大衣口袋裡，是一本剛開始讀的短篇集。我看著宛如櫃檯小姐筆直望著前方的千反田說：

「反正沒事，我看書嘍。」

千反田這才轉頭看向我，露出溫柔的微笑說：

「不行。」

「可是又沒人啊。」

「不行。請乖乖坐好招生。」

是。我把掏出來的文庫本又塞回口袋。想想也對，新生要是看到坐檯的兩人當中一個顯然毫無幹勁只顧看書，應該也不太敢靠過來詢問。但這樣呆坐下去，只是坐到愈晚愈冷而已。我盤起手抵上後腦杓。

要說百無聊賴，千反田似乎也一樣。就算她責任感再強，人畢竟不是木石，一直什麼事都沒發生的話，遲早會覺得無聊。只見她原本望著前方的視線稍稍移向斜前方，似乎在看那些活躍不已、積極招生的社團。

新生一個接一個走過我們面前，我望著這光景，不由得嘟囔：

「好像眞有所謂被詛咒的地點啊。」

「嗯，是啊。」

由於她應得太快，我反而無言以對。

頓了幾秒之後，千反田回頭看我，偏起頭問說：

「你不是那個意思嗎？」

那個意思是哪個意思？我決定別去鑽牛角尖，靠上鐵椅椅背說：

「就是那個呀，在商店街還是大馬路旁會有一種店，看起來地點也不比別人差，可是不知爲何，不管開什麼店都會倒，附近居民經過時只會覺得怎麼又開了新的店，但無論開什麼店都沒客人上門，好像眞有這種地點啊。我想說的是這個。」

「啊，我知道了，就是感覺一直有新店在新開張的地點。但說來很不可思議，一旦換上新的招牌，就想不起來先前究竟是賣什麼的店呢。」

「是啊，要是後來夷爲空地，會連之前這地點究竟是不是有過建築物都想不起來了。」

千反田邊聽邊點頭，以視線催促我說下去。我想避開那視線，不由得稍微別開臉，一方面也爲了掩飾情緒，我以手背咚咚地敲了敲桌面。

「這裡也有類似的感覺。」

「這裡？你說這個攤位？」

「嗯。」

成排的長桌攤位當中，有一部分是沿著圓形花壇的外圍設置，根據總務委員會公布的企畫書，古籍研究社被分配至當中的一個位置，可是就我方才一路觀察新生的動線下來，發現這個攤位有著先天的缺陷。

一年級校舍的一樓正面出入口位在我們的身後方向，對於沸沸揚揚的社團招生活動原本就不抱興趣的新生，一開始就不可能看到古籍研究社的攤位；而會想來湊個熱鬧逛一逛的新生，則會很自然地從我們的攤位前方走過去，雖然就經過的人數來看，這地點並不算差。

然而不知爲何，新生都只是直接經過我們攤位前，既沒放慢速度也不曾停下腳步，對千反田提筆寫下的看板也是看都不看一眼。

「會不會是我們散發出讓人難以靠近的氛圍啊？」我嘀咕。

千反田凝視著經過攤位前的新生好一會兒之後，慢慢地回道：

「我想最大的關鍵在於我們都沒有出聲招呼人吧……」

中庭內各社團招生的叫喊起此彼落，「噢！感覺你好像很喜歡猜謎哦！在找猜謎研究社吧？我就知道。那麼請教第一個問題……」、「我們會舉辦英語辯論大賽哦，當然英文成績是一定會進步的，隨便念都進步啦！」、「不不不別擔心，我們會從規則教起，只要記住規則就簡單了，如果再記住金將銀將的走法，等於直接就上手了。」、「不會做菜？很好啊，料理研究社就是要讓不會做菜的你變成大廚！來我們社辦玩玩吧，做菜給你吃哦！」、「天文社！天文社在這裡！我們最喜歡星星！Love Planet！只不過原則上我們是不看天空的啦。」仔細觀察，發現左右鄰居的水墨畫社和百人一首社也都非常積極地招呼經過的新生。

我們確實不該默不吭聲坐著不動，還兀自哀怨沒半個人願意停下腳步。

但另一方面，千反田又說了：

「只不過，我們的正對面有那個在，的確有點吃虧啊。」

她邊說視線邊移向口中的「那個」。

那東西就大大地攤在沿著小徑走進來的新生眼前。

對面攤位掛出一塊寫著「這裡有下午茶ㄡ！」的大旗幟，上頭除了標上西元年，還以刺繡串珠繡出吉祥物的貓和熊貓圖案，是一面非常講究的旗子；此外空氣中還飄著紅茶的香氣，長桌上擺著兩個保溫瓶、紙杯、體驗入社申請表和筆，桌邊則擺出了一個桌上型瓦斯爐，而爐子並未開火，只在上頭放了一只金色大鋁壺。鋁壺類似運動類社團的社員在比賽休息時直接以口就壺嘴喝水的款式，看那閃耀的模樣應該輕輕鬆鬆就能夠裝個十公升沒問題。

此外，最醒目的是與瓦斯爐遙遙相對擺在桌邊另一頭的大南瓜。將近一人環抱尺寸的巨大橘色南瓜，上頭刻出了眼睛和嘴的洞，做成萬聖節的南瓜鬼頭模樣。是說萬聖節是在四月嗎？

顧攤位的是兩名女社員，穿著單薄的水手服加上圍裙，但兩人炙熱的氣勢卻讓四下的寒冷也爲之卻步，只見她們倆在南瓜與瓦斯爐之間使勁揮著手。

「來吃哦！你也很愛餅乾吧！沒問題！喜歡就送你吃！」

「只不過這裡面摻了奇妙的藥哦！只要一口，吃一口你就輸嘍，馬上就會想加入我們社團了！看吧！你想入社了對不對？想入社想入社想得不得了啊！來來來，體驗入社申請表在這裡啦！」

「沒錯！就是這麼神奇的餅乾！要是噎著就不好了，不如這紅茶也來一杯吧！」

她們邊說邊拿起保溫瓶朝紙杯裡倒紅茶。

「啊，那位同學，對對對就是你，你一定很喜歡吃餅乾吧？」

「真的耶！你有張可愛的餅乾臉哦！來來來，請吃吧。不用顧慮，先吃再說！」

爲什麼總覺得這一搭一唱的兩人組好像在哪見過？明明是沒印象的面孔。

看樣子她們準備了數量龐大的餅乾，一見到經過的新生就拚命發送，雖然不知道這招拉到了多少人入社，確實許多新生都因此停下腳步。

「那是製菓研嗎？」

「是啊，新生只要一被吸引過去，就很難留意到我們古籍研究社了。」

哼，用那種廉價的食物拐人也太卑鄙了，不過那些被區區小餅乾吸引走的新生說穿了也只是輕佻膚淺之輩，根本不符合我們古籍研究社的氣質——我心裡上演著毫無根據的酸葡萄小劇場時，身旁的千反田卻不太對勁，只見她直勾勾地盯著製菓研究社的長桌，身子動也不動。

該不會……

我小心翼翼地喊了她：

「千反田。」

「咦？噢，什麼事？」她一驚，回過頭來。

「妳莫非……」

「嗯？」

「想吃餅乾？」

千反田想了一下，神情認眞地回道：

「要說不想吃，是騙人的。」

「妳去拿沒關係啊。」

「謝謝你。啊，可是，我在想啊……」她又轉回頭去看著製菓研究社，「你不覺得哪裡怪怪的嗎？」

我隨著她的視線，再次仔細端詳對面攤位。奮力招生的二人組、保溫瓶、紙杯、體驗入社申請表、桌上型瓦斯爐、大鋁壺、南瓜、餅乾。

嗯，要說他們怪怪的，也不是挑不出奇怪的點，最顯而易見的就是製菓研究社的這兩人ｈｉｇｈ到有點怪。

不過還有一、兩個奇怪之處。

「嗯，的確怪怪的。」

沒想到我這麼回答是個輕率的舉動。千反田一聽，猛地轉頭看我，由於攤位內空間狹小，她突然轉向我，距離近到我忍不住往後一縮。

「咦？哪裡奇怪呢？」

「問我？不是妳自己先說覺得怪嗎？」

還是我會錯意，她其實是想說「怪怪的，製菓研怎麼沒有送乖乖」之類的高難度冷笑話？

千反田一邊瞥著熱鬧不已的領餅乾人群一邊說：

「是我說的沒錯，可是，其實我從剛剛就一直不知道她們攤位究竟是哪裡怪怪的，只是覺得怪，又有種搔不到癢處的感覺……」

「喔，我想妳覺得怪的大概是——」

「請等一下！」她出聲制止，我到嘴邊的話又吞了回去，「還不要揭曉，我正在想。嗯，好像快想出來了。」

千反田平常總是抓著我問東問西，想聽我的答案，卻鮮少叫我閉嘴。我感慨著千反田這少見的反應，望著她近在眼前的側臉。

千反田盯著製菓研究社攤位好一會兒，來回梭巡的視線終於定在一點上頭。

「是南瓜。那個南瓜感覺不太對勁。」

橘色外皮，挖成三角形的眼睛，鑿成鋸齒狀的嘴，怎麼看都是正統派的傑克南瓜燈，我很能理解千反田爲什麼會在意那個南瓜。

但接下來她的話卻證明我猜錯了。

「那是沒有取得日本認可的品種……不，是常見的美國種。」

「是哦。」

「這個品種的南瓜盛產於秋季，只要好好保存，可以放很久都不腐爛。」

「原來如此。」

「以經濟作物來看，這品種還不算普及，就我所知在神山市裡，並沒有種植這個的農家。」

「眞令人意外。」

「不過，一般在超市就買得到了哦，只是要看是國產的還是進口的……」

「爲什麼妳一心只能把那東西當農產品在看啊！」

癥結應該不在那兒吧？見她愈講愈離題，我再不吭聲，反而像是我不好。

千反田繼續嘀咕幾句之後，終於微微嘆了氣。

「不行，我還是想不出來，抱歉。為什麼我會那麼在意那個南瓜呢……」她帶著一臉愧疚說了：

「我很好奇。」

若是在平常，此刻我應該開始後悔自己又一腳踩進了麻煩事。

千反田那無窮無盡的好奇心，把古籍研究社、以及奉行節能主義的我拉進了很多起麻煩事裡頭，而且憑良心說，當中許多事件就算沒能解決，也不會對我造成任何困擾或損失，然而幾乎每件事我都捨命陪君子到最後，原因究竟何在，我自己也說不上來，可能都是千反田那雙大眼睛害的吧。

但今天千反田在此時此地說出了「我很好奇」，我卻不覺得麻煩事上身，畢竟我現在被允許做的事只有老實地顧攤位，既不能拿書出來看，也不可能早早收工，橫豎都要長時間坐在這裡，有話題聊也不賴。

只不過千反田所說的「感覺不太平常」究竟是指什麼，答案顯而易見，這話題應該馬上就結束了。我開口道：

「那個南瓜很大，對吧？」

千反田偏起頭，「美國種的話，長到這個尺寸還算普通……」

是我的說法不對。

「那尺寸接近一個人可以環抱的程度吧？至少可以確定比我們古籍研究社這張當作看

板的簽名板還要大。」

千反田的目光瞄向了簽名板，似乎才接受我的說法，點了點頭說：「是，的確很大。」

「那個大南瓜就擺在長桌邊上，另一頭的桌邊則是擺了桌上型瓦斯爐，然而製菓研的那兩人卻能夠在長桌裡側的空間裡吆喝拉人發餅乾。妳再回頭看看我們的攤位，光是兩個人坐在裡頭就夠擠的了。」

「咦?很擠嗎?」

她果然不覺得這距離太近。

先不管這部分。由於我們只能透過人潮間偶爾出現的縫隙看到對面攤位，加上角度有些偏，導致抓不太準距離感，但事實上千反田究竟是覺得製菓研哪裡奇怪，答案非常簡單。

「製菓研的攤位所使用的長桌比我們的大張。我今天午休時間過來幫忙排桌子，所以曉得當中有幾個社團的攤位是使用大型長桌。妳因爲不曉得學校分發的長桌有兩種尺寸，才會覺得對面攤位好像怪怪的。」

「噢……」千反田輕呼出聲，但依然是一副不解的神情，「原來如此，從南瓜與瓦斯爐的距離的確看得出來那張長桌是大尺寸的，我沒發現這一點，可是我覺得怪的好像不是這一點。我在想的是她們爲什麼要擺個南瓜出來呢?」

居然想知道爲什麼，這一點就難了。

「擺個裝飾品出來需要理由嗎？在送餅乾活動上擺出萬聖節的裝飾品，也不能說她們做錯吧。」

雖然不是該在這個季節出現的東西。

千反田又看向製菓研。

「我換個說法哦。假使那兒沒有擺著南瓜，你有什麼感覺呢？」

我依言想像了一下。如果擺了桌上型瓦斯爐和大鋁壺的那張長桌上沒了南瓜……

「……感覺會清爽多了。」

「對吧？」千反田接著迎面看向我，像是要讓我聽清楚似地緩緩說道：「如果沒了那個南瓜，你不覺得製菓研就能夠擁有更大的活動空間嗎？」

我知道她要說什麼了。

因爲多擺了個無謂的南瓜裝飾品，製菓研反而害得自己的活動空間變少，然而即便如此，那兩人絲毫不覺得現在的攤位空間侷促不便。

換句話說，製菓研原本的攤位空間就大到用不完，僅管她們被分配到的是大型長桌。

「製菓研申請了那張大型長桌根本是浪費，妳是想說這個吧？」

千反田微微搖了搖頭，「我沒有那個意思，不過製菓研看來只要使用和我們一樣尺寸的長桌就綽綽有餘了，爲什麼還會被分配到大型長桌呢？」

負責分配攤位的是總務委員會，而要把大型長桌分配給哪個社團，當然也是他們決定。管樂社之類的大社團若使用大型長桌並不奇怪，但製菓研不是大社，實際上現場顧攤招生的社員也只有兩人。

不過眞要說，還有很多可能的原因。

「可能性之一，大型長桌數量充足，分配給用得上的大社團之後還有剩，所以就發了一張給製菓研。」

「你眞的覺得有這個可能嗎？」

我只是未經思考把想到的可能就直接說出口，卻被她當面指出，我不禁支吾了起來。

「不覺得……」

「就是說呀，如果眞的桌子有多，攝影社和花道社的同學就不會那麼辛苦了。」

我先前就發現攝影社的人被自己的攝影作品裱板淹沒，經過千反田一提醒，才發現花道社那邊更慘烈。高雅的插花作品排滿長桌，那幅情景與其說是插花不如說是叢林，根本看不見最重要的社員的臉。他們可能單純地設想每人擺出一件作品來展示，沒想到全擺出來才發現攤位空間不夠。話說回來，我明明一開始就曉得大型長桌的數量並不多。

讓展示作品較多的社團優先取得大型長桌的使用權，並請製菓研她們忍耐一下使用一般尺寸的長桌——總務委員會應該如此判斷才合情合理，那麼，現狀代表了？

「可能性之二，製菓研在總務委員會裡有認識的人，她們透過賄賂等手段硬是搶到了一張大型長桌。」

這個論點是：招募社團新生本來就是一個弱肉強食的世界，毫無戰略且悠哉地迎向贏新祭的人是傻子。或許是對這世間冷酷的生存法則感到心痛，千反田露出悲傷的眼神好一會兒，之後才開口：

「如此費心才搶到的大型長桌，製菓研的那兩位同學卻——」

「拿來擺南瓜。」

還是不行，這個假設有個根本上的矛盾：若無法有效地活用搶來的東西，一開始就沒必要費工夫去搶。

再深入想想。製菓研取得大型長桌，就表示原本應該使用大型長桌的社團吃了虧；換句話說，我這個假設等於主張製菓研不擇手段取得大型長桌。雖然合理，合理與眞相之間卻存在鴻溝，我不相信如此合理卻不合情的假設，千反田當然也不會接受。

「我撤回剛才的假設。可能性之三，」老實說我心裡覺得這個才是正確答案，方才那兩個假設只是殺時間的消遣罷了。我頓了頓之後繼續：「製菓研以必須用到特殊設備以及顧慮安全性爲由，向總務委員會申請到了大型長桌。」

「什麼特殊設備？」

有些設備在使用前必須取得總務委員會的許可。

「他們申請說會用到火。就是那個桌上型瓦斯爐。」

千反田一聽，轉頭再度看向製菓研的攤位。

「製菓研需要用到瓦斯爐而申請了大型長桌，畢竟在狹窄的空間裡開火很危險。然而光是擺個桌上型瓦斯爐，大型長桌空間還有剩，於是她們擺上南瓜，讓攤位整體看起來不那麼空蕩，應該就是這麼回事了吧。」

這樣一來，也一同解釋了爲什麼會擺個南瓜在那裡。雖然推論時間比我預想的還多，但千反田應該能接受這個假設。

然而我還是太天眞了，千反田依然直盯著製菓研的長桌，以及分發著餅乾與紅茶的兩名製菓研社員。

經過令人有些不安的沉默之後，千反田緩緩地搖頭道：

「原來如此。雖然我很想稱讚『眞是精采的推論』，可是……」

我也順著千反田的視線看去。保溫瓶、紙杯、桌上型瓦斯爐。

「……**那個瓦斯爐並沒有開火哦**。」

現在的確是沒在使用，看就知道了。

但這不足以佐證千反田的懷疑。

「妳在說什麼？現在沒開火，不表示等一下不會用到呀。」

製菓研的兩人現在是將保溫瓶裡的紅茶倒進紙杯提供給新生，但一直發送下去，總有用完的時候，屆時就會需要用到瓦斯爐煮開水。這是連幼稚園小朋友都知道的道理呀！

千反田突地把臉湊近來瞅著我，一雙大眼睛彷彿看透我的內心。

「折木同學，你現在一定在想我是笨蛋吧？」

「怎麼會。」

「那就是阿呆？」

我只是覺得這是連幼稚園小朋友都知道的道理。

千反田縮回身子，微慍地說：

「我又不是不經思考就把話說出口的。只要盯著她們攤位看，就知道我爲什麼會這麼說了。」

千反田的視力、聽力和嗅覺都很強，味覺可能也很優秀，莫非她異於常人的五感察覺了什麼我沒留意到的東西？

「妳看到什麼了？」

「和折木同學你看到的是一樣的。」

她應該不是在鬧彆扭，那就是在向我下挑戰書了，好樣的。我定睛看向製菓研的攤位。

確實不是沒有令人在意之處。

「……那個大鋁壺看樣子是全新的，可能從沒燒過水。」

但這不保證她們等一下不會拿這壺來燒水。我瞄了千反田一眼，她依然面帶微笑，顯然不打算吭聲，那就是還有下文了。我繼續說：

「製菓研在分送紅茶，而紅茶是從保溫瓶倒入紙杯裡，如果紅茶用完了，當然得煮紅茶。」

咦？紅茶不是用煮的。

對哦，就算製菓研在現場燒了開水，還是沒辦法生出紅茶。

「我知道了，妳是想說茶葉的問題吧？」

「答對了。」不知是否我多心，感覺千反田似乎挺起了胸膛。她說：「製菓研發送的是餅乾和紅茶，光是燒開水也沒辦法生出紅茶的茶葉，但那張長桌上卻遍尋不著茶葉的蹤影，所以她們應該是事先在別處沖好了紅茶，裝進保溫瓶裡，再帶過來會場。」

我一向認同她出類拔萃的五感，卻不曾覺得她有優秀的洞察力。這下被她超前了，我雖然不至於不服輸，但還是試著在雞蛋裡挑一下骨頭。

「她們說不定一直保留保溫瓶裡的茶葉呀，補充熱水進去又是一條好漢了，再不然事先把茶葉放在大鋁壺裡也成。」

我話聲剛落，千反田睜圓了眼看著我：

「折木同學……莫非你從沒泡過紅茶？」

我無話可說。

千反田說中了。我算是愛喝咖啡的人，但紅茶都是喝自動販賣機買來的，長這麼大從沒自己泡過紅茶。雖然我也不是在向人坦白自己人生歷練之膚淺，但仍不禁有一絲惆悵。

「如果茶葉一直泡在熱水裡，紅茶只會愈來愈苦澀，所以一般才會使用附有濾網的茶壺，或是用濾壓壺一次沖泡一份；就算是茶包，經過一段時間之後也必須把茶包拿出來才行。」

「是哦？」

「是的。」

原來這麼講究，外行如我不好說什麼，但可以確定的是，製菓研的長桌上不見任何茶葉或泡紅茶的道具。

這代表她們所準備的紅茶只有保溫瓶裡頭的量，也不打算在現場燒開水另泡更多。

事情變得愈來愈奇妙了。

「那會不會是這樣——製菓研雖然準備了瓦斯爐，但一開始就沒打算用到，既然不用，那東西的用途就和南瓜一樣，不過是裝飾品罷了。」我想了一下，「但是會出現瓦斯爐就表示下述的假設是正確的：『製菓研以需要用到瓦斯爐及顧慮安全性爲由，申請到大型長桌』，怪的就是她們不打算使用瓦斯爐，也就是說……到底是怎麼回事？」

「到底是怎麼回事呢？」

事情出乎意料地棘手。本來只是當作贏新祭上殺時間的消遣才陪她推論，沒想到竟然歹戲拖棚。內心的不安讓我的視線下意識地避開千反田，而她也幾乎同時別開了視線。

這時我才發現眼前站著一個人。

雖然已進入春季，這人卻有著晒成淺褐色的臉龐，一頭短髮，五官與打扮顯得活潑颯爽，要不是瞥見上身那件沒拉拉鍊的棒球外套下的水手服，我可能一時還看不出這人究竟是男生還女生。我和千反田幾乎同時看向她，雖然我們倆都很清楚此刻的贏新祭已經進行到如火如荼的時候，卻暗自覺得不會有新生來。我們的心態何時變成這樣？

這位雙手插在外套口袋的女學生，面對嚇到一時說不出話的我們，只是輕輕朝我們點頭打招呼。

「你們好。」

說著她調皮地一笑。

先回過神的是千反田。

「啊，呃，妳想來體驗入社嗎？我是古籍研究社的社長，我叫千反田。」

棒球外套女生依然笑咪咪地回道：

「不是的，我只是四處逛逛，聽到你們討論的事好像很有意思，忍不住停下腳步。我叫大日向，是一年級新生。」

沒聽過的名字。這姓氏雖然不像「千反田」那麼少見，但聽過的話應該會留下印象。只不過常態套在我身上本來就不準，因爲我一向不會積極地記住他人面孔和姓名。

然而，總覺得似乎見過這張臉。一年級新生當中我會有印象的可能性只有一個。

「鏑矢中學的？」

大日向看向我，嘻嘻一笑。

「是的。」她說著點了個頭。眞是情緒都寫在臉上的人。

「這樣啊。」

所以是學妹了。我思索著該聊點什麼鏑矢中學的事，卻沒特別想問想說的，就沒吭聲。

倒是一旁的千反田開口了：

「今天是社團招生哦，如何，要不要考慮來體驗一下我們古籍研究社呢？我們的社團活動……呃……很多方面都有接觸哦。」

「很多方面都有接觸」，這說法眞好。

「可是感覺好像很難耶，要會讀古文吧？雖然我很喜歡國文。」

「不用的，我們很少在讀古文，當然如果想讀還是可以讀的。」

「是哦……可是……」

感覺大日向似乎沒什麼心思在聽，突地低下身子把臉湊近千反田說：

「我朋友常說，『一旦著手的事就應該做到最後。』嘜，學姊，後來南瓜之謎究竟怎麼了？」

「咦？」

搞什麼？偷聽人家講話啊。

「妳從哪裡開始聽的？」

「唔……」大日向撇起嘴想了一下，「……『想吃餅乾的話去拿沒關係』，大概從那裡開始吧。」

「那不是打從一開始嗎！」千反田發出接近慘叫的驚呼，仔細一看，她的臉頰明顯紅起來，「妳全都聽到了嗎？完了……好丟人……」

我們聊了什麼丟人的事嗎？

大日向好像也很意外千反田有此反應，呑呑吐吐地說：

「呃，很抱歉，我沒打算偷聽的，只是……剛好聽到南瓜的事，有點在意而停下腳步，然後你們又一直聊下去，我忍不住想知道這兩人會推論到什麼程度呢？所以就……」

她用力地低頭道了個歉，「對不起。」

「別這麼說，不需要道歉的……」千反田像要遮掩咳嗽似地把手掩上嘴邊。

大日向依然一臉尷尬，但不一會便恢復先前的笑臉。

「然後呢？南瓜之謎究竟怎麼了？」

千反田就算了，為什麼這位一年級的也對這種事如此好奇？不過橫豎我們都推論到一半，頭都洗下去了。我開始回想我們講到哪裡。

「剛才講到，她們似乎一開始就沒打算用到瓦斯爐。

還有多餘的空間擺南瓜當裝飾，表示她們攤位使用的是大型長桌。

而申請得到大型長桌，是因為她們以會用到瓦斯爐為由。

但實際上並沒有用到瓦斯爐，令人費解的就是這一點。大概是推論到這裡吧。」

我說完看向千反田，只見她微低著頭沒吭聲，看樣子她是真的覺得丟人不已。從入社以來，我只見過不時拿一堆麻煩事來找我的千反田，現在她這副模樣我還是第一次見到。

她到底在介意什麼呢？

「那這個假設如何？」大日向以足以蓋過四下喧鬧的音量說道：「那些人原本打算要用瓦斯爐，不過目的不是泡紅茶；可是後來計畫更動，用不到瓦斯爐了，但既然都申請說要使用，還是得擺出來讓人看到才行。」

「原來如此。」能夠立刻提出假設，表示她真的一直在聽我們的對話，可惜她的假設並不成立。我回道：「但她們應該很早之前就決定要分送紅茶和點心了，至少不是今天才臨時決定。既然都已經早早敲定要在贏新祭上供應紅茶和點心，使用瓦斯爐的計畫卻突然生變，我不太能認同這一點。」

「很難講吧？只要社團裡常備有點心材料和茶等等，就算今天才決定要供應，還是來得及製作的，一早揉好麵糰等發酵，午休時間就能進烤箱了呀？」

確實製菓研可能常備有製作餅乾的材料，但問題不在那兒。我舉起手臂指向一處。

「餅乾或許還可能趕工，但那塊旗幟絕對不是在今天之內說要做就得出來的。」寫著「這裡有下午茶ㄡ！」的旗幟上頭有刺繡串珠的圖案，就算逮住一整天課堂間的空檔再怎麼趕工，也很難做出如此精緻的大作，「要做出那樣的成品，她們肯定老早就敲定好要在贏新祭上提供下午茶，然後花很多時間慢慢縫製出來的。」

「是嗎？」大日向似乎不願意認同，「嗯，不過，你這麼一說也對。這謎團眞的很難啊。」

看著大日向的表情，我發現自己做了蠢事。說起來我根本沒義務對她解說謎團的眞相，面對她提出的假設，我只要回她一句「嗯，有可能哦」就搞定了。身爲節能主義者，我走錯了一步。

「那麼……唔……」大日向沉思著。

一開始覺得南瓜奇怪的又不是她，卻如此熱中於解開南瓜之謎，雖然她也說了，「一旦著手的事就應該做到最後」，說不定這眞的是她的信條。

她似乎想不出其他的假設了，忿忿地瞪向製菓研，吐出一句：「哼，反正那些人本來就不是什麼好傢伙。」

「這說法太偏激了吧，她們的點心還眞的滿好吃的哦。」

「她們的餅乾也發到這裡來了嗎？」

「先前文化祭的時候曾經拿來我們社團兜售。是說妳爲什麼說人家不是好傢伙？」

大日向再度瞪向製菓研幾秒之後，挺起胸膛說：「我朋友說，『不報上名的傢伙背後一定有鬼。』」

是嗎？要我的話，也不想走到哪裡都在胸前掛著寫上「折木奉太郎」的名牌呀，還是她這話是某種譬喻？

我正猶豫著該作何反應，身旁的千反田突然抬起臉說：

「就是那個！」

「什、什麼是哪個？」大日向也是一驚。

「大日向同學妳剛才說出來了吧？眞是太厲害了。問題癥結就是那個！」

大日向不禁往後縮起身子。千反田，拜託妳不要突然去嚇一年級新生幼小的心靈好嗎？

「妳說的那個是什麼？」

我一問，千反田立刻用力看向我：

「放個南瓜在那很怪。」

「所以我們不是一直在討論這一點嗎？」

「不是，我們沒有討論到。我說怪的是這個，」千反田說著指向一樣東西，正是我們攤位上唯一擺出來的招生道具──寫有「古籍研究社」的看板。

「我一直覺得製菓研的攤位哪裡怪怪的，總覺得少了什麼。」

看著雙眼發亮的千反田，一旁的大日向戰戰兢兢地開口問：

「請問……學姊妳從剛才就一直在說『智果言』，那是什麼的簡稱嗎？」

「看吧！」

我這才發現，千反田的癥結原來在此。製菓研的攤位缺了一項不可或缺的東西。

我竟然犯下這種失誤。看來我多少也融入了神山高中的生活，難怪當局者迷，沒能察覺這一點。我一看到那情緒高昂的兩人組就曉得那是製菓研究社的攤位，然而──

「對耶，**沒有看板**。那張長桌和那塊旗幟上頭都沒有標出『製菓研究社』的名稱。」

「就是這一點。招募社員時標示社名的看板當然是不可或缺，但她們的攤位上上下下都看不到社名，反而擺了個南瓜出來，所以我才覺得好奇！」

一旁的大日向一副恍然大悟「原來是『製菓研究社』的簡稱啊」的神情。我沒理會她，兀自思考著。

是作業上的失誤嗎？不，應該不可能，那麼投入製作贏新祭要用的旗幟，卻忘了把社團名字明顯標示出來，怎麼想都太扯了。

那麼，莫非一如大日向所說，製菓研是因爲背後有鬼才不報上名字。這樣的話，她們做了什麼見不得人的事？又是不能讓誰見到的事？

那件事和他們提出了瓦斯爐的使用申請卻將之晾在一旁，有關係嗎？

耳裡傳來數個社團的招生吆喝，猜謎研究社、辯論社、攝影社、花道社、料理研究社、天文社，當然還有製菓研究社。

「折木同學……」

千反田的聲音讓我回過神來。

我想我知道答案了。

「那張大型長桌上之所以擺出了南瓜，是因為那個攤位原本不是製菓研的。」

我一開口便先說結論。

想當然耳，省略的說明太多，千反田愣在當場。

「你說那不是她們的攤位，是什麼意思呢？」

「我的意思是……嗯，還是照順序說明比較好哦。」我沉默數秒，整理思緒後開口了：

「換句話說，是這麼回事。

社團如果提出申請說會使用到桌上型瓦斯爐，總務委員會就會優先考慮分發大型長桌給該社團，然而今天要到這張大型長桌的製菓研卻用不到瓦斯爐，爲什麼呢？因爲**提出使**

用瓦斯爐申請的社團並不是製菓研。」

「也就是說，」千反田的手掩上嘴，「強占別人的攤位嗎？」

就憑那傻乎乎的製菓研二人組？不可能。

「是**交換**。原本製菓研被分配到的攤位，和提出使用瓦斯爐申請的社團攤位互換了。這麼一來就會出現『提出使用瓦斯爐申請，實際上卻沒打算使用』的情況。由於製菓研打從一開始就沒必要使用大型長桌，所以她們爲了讓攤位看起來不那麼空才搬了大南瓜，沒擺出看板也是這個原因。兩個社團私下講好互換攤位，總不好讓總務委員會發現，也就演變成無法光明正大地掛出社團名稱的狀況了。」

「可、可是……」千反田似乎一時難以相信，她搖著頭說：「這樣的話，原本預定要使用那張大型長桌的社團不就吃大虧了嗎？對方怎麼會同意換攤位呢？」

我沒有直接回答這個問題，而是舉起手一揚，示意她看看擠在這小小中庭裡的數十個社團。

「這當中有個社團，應該要用到瓦斯爐卻沒使用。」

「不用這麼兜圈子講話嘛。」大日向硬是插了嘴，「會用到火的社團又沒幾個。」

我說這位新生，妳也太小看神山高中精采的社團活動了，哪個社團會做什麼事是很難預料的，誰曉得哪天哪根神經不對勁，古籍研究社會卯起來煮豬肉味噌蔬菜湯和炸什錦蓋飯分送大家吃，這就是神山高中呀。

不過，嗯，確實以她說的方式能夠大幅縮小有嫌疑的社團數量。

千反田低喃：

「啊……對耶，我怎麼忘了。」

先前在體育館舉辦的各社團簡介，千反田也去聽了，她的記憶力比我強得多，會記在腦子裡並不奇怪。

「是料理研究社，對吧？他們之前就說要在贏新祭上發送山菜料理給大家吃。」

我點了頭。

眼前料理研究社是否端出了菜分發給新生呢？沒有，他們什麼都沒端出來，顧攤的社員只是招呼新生說：「歡迎來社辦玩玩，我們會做料理請大家吃哦。」

「是因爲食材準備不及嗎？」

「妳說山菜嗎？與其做出重大犧牲把大型長桌讓給製菓研，他們大可用別的食材打發新生。」

「怎麼說打發呢？至少請說是拿現有的材料做出料理。」

「現有的材料能做出什麼東西嗎？」我看到千反田瞪向我。是妳自己要我說的啊。

「我不是那個意思，他們一定是出了更大的紕漏，以至於無法現場供應料理給新生。」

「會不會是苦味沒有去乾淨，沒辦法端上檯面呢？」

「一樣意思啊，如果是那樣，只要放棄山菜料理，拿現有的食材做別的料理就好了。就算實在走投無路變不出好料理，也不足以讓他們放棄難得的大型長桌，只要擺出一些廚房用品之類的做展示，桌面一下就能擺滿了，就像現在製菓研所做的方式。

所以，料理研究社所犯下的失誤，嚴重到必須和製菓研交換攤位來隱蔽才行，不能讓經過的新生起疑『爲什麼料理研究社搬了瓦斯爐來現場卻什麼菜都沒端出來』。要不要賭賭看，我想料理研究社一定和製菓研一樣，也沒有把標示社名的看板擺出來。」

大日向也說過，不報上名的傢伙背後一定有鬼。

我不知不覺壓低了音量。或許在一片嘈雜中聽不清楚，千反田的臉又貼了過來，一旁的大日向也跟著湊近身子，那張晒成淺褐色的臉就在我面前。大日向悄聲問我：

「什麼失誤會那麼嚴重呢？我這麼講雖然有點過分，不過是社團活動做的料理嘛，就算煮得再失敗，怎麼想都不至於要拚命隱瞞不敢讓人知道啊……」

她覺得不會發生嚴重到不能張揚的失誤，果然還太嫩了。

「他們經手處理的是食物，要是一般的餐飲店，有個一旦犯了就會面臨被勒令停業的嚴重失誤吧？」

「你說的莫非是……」

我點點頭，聲音壓得更低了。

「**食物中毒**。」

3 現在位置：4.1km處。剩餘距離：15.9km

結果那天，我的推論說中了部分，而千反田提出的「山菜料理準備不及」推論也說中了一部分。

料理研究社在山菜的事前處理上栽了跟頭，原本計畫在贏新祭上端出蕨菜味噌湯招待新生，沒想到到了午休時，上午試吃的社員全都喊肚子痛。

就現況來看，他們既然試圖隱瞞食物中毒，表示很可能社員都沒去保健室。一聽到我到此的推論，千反田立刻衝了出去，她應該曉得山菜引起的食物中毒不可小覷。

由於她說可能需要人手幫忙，但總不能讓贏新祭的攤位空著，我正猶豫不決，大日向說：「啊，那我去幫忙好了。」後來的事情經過，我就是聽大日向說的。

「千反田學姊毫不猶豫地衝進了料理實習教室，社團的人一開始還裝傻，學姊嚴厲地說自己全都知情了，硬是把吃壞肚子的人全揪出來。而且她好像有認識的人在裡頭，事情意外地進行得很順利。」

「千反田人面很廣的。然後呢？那些人身體狀況如何？」

「不太妙，他們雖然想各自回家休息，可是好像連走路都有困難。學姊看過所有人的症狀之後，暫時離開了實習教室，回來時帶著一位聽說將來會當醫師的人，家裡好像是開醫院的，看上去非常有架勢，可是感覺好像不是很想幫忙處理。」

那個人應該是入須學姊吧，雖然大日向說她一副不是很想幫忙的態度，但我想那不過是她平日的模樣。

「那個人要食物中毒的同學以鹽水催吐之後，對千反田學姊說：『等吐完後觀察一陣子，要是還是不舒服再帶去我家。』他們應該是不能上醫院吧。」

「嗯，要是確定是食物中毒，醫院有義務通報保健所。」
「有那種義務嗎？醫師不是還有保密義務什麼的？」
「別問我。」
「總之幸運的是，他們吐過之後就好多了。」
那眞是太好了。
換句話說，料理研究社最後得以壓下這次的失誤。據大日向說，千反田答應對他們隱瞞食物中毒一事睜一隻眼閉一隻眼，但有個交換條件，她非常嚴格地幫料理研究社的人上了一課，教導他們正確的山菜事前處理法。至於我，在她們忙著料理研究社的事情同時，心想反正肯定不會有新生上門，於是大剌剌地拿出沒讀完的短篇集繼續看下去。
事情告一段落之後，大日向一如初次見面時，再度朝我們露齒調皮一笑說：
「我決定要入社了。對了，你們說是什麼社來著？」
不用說，千反田擔心了起來。
「妳眞的確定嗎？我們什麼都還沒跟妳說明呢。」
「不用啦。」接著大日向依序看向我和千反田，又是一笑，「感覺你們感情很好呢！我最喜歡看到要好的朋友了。」
我不記得我怎麼回她。
坡道愈來愈陡，從後方超越我的同學之中也愈來愈多人呼吸急促。雖然不是有意識地這麼做，但我不知不覺開始步行前進，看來是太專注在沉思的關係。

一名在一年級時同班過的同學追過了我，沒記錯的話他現在是二年C班的，也就是說C班的人已經陸續追上來了，我卻直到此刻才察覺這一點，說不定老早就有C班的人超越了我。

伊原呢？我回過頭看，只見長長的坡道上拉出好長一條人龍，全是神山高中的學生，我不由得聯想到勤奮的螞蟻大兵。我要是再這麼悠哉地步行前進，難保最後不會像蟋蟀一樣陳屍荒野。我回過頭看向坡道頂端，就在不遠的前方了，最後剩下的這段陡坡我幾乎都用走的。雖然不能說是預料中之事，但我終究是無法估計出我和伊原之間相距多少距離。

只剩最後一小段坡道就要到頂端時，我抱著多少拉回落後進度的心情加把勁跑上去，一到坡頂，視野頓時變得開闊，我甚至覺得有陣涼風吹來。印象中過了這個坡頂馬上就迎向下坡道，但我記錯了，前方出現的是約一〇〇公尺的平坦道路，路邊有座小廟，雖然不知道供奉的是什麼神，總之我在心裡雙手合十祈求保佑，接下來路還很長、懸案還很多，請保佑一切順利吧。

道路兩旁非常遼闊，數棟建築物相連，看外牆就曉得是舊民家，一座全新的自動販賣機孤伶伶地矗立在那更顯突兀。

這段平路我決定用走的，而不曉得是否因爲剛爬完險坡，前後也有許多同學步行前進。一名體形高壯的男同學衝上坡頂之後，停下來把手拄著膝蓋大聲地喘著氣。或許在他的計畫裡，全程只有這段險坡要盡全力衝刺，但我懷疑這個策略能否讓他撐到跑完，畢竟現在還在賽程的前段。

雖然毫無根據，我決定相信伊原還在我的後方。要和她碰頭，這段平路會是個好地點，因爲如果在更前面的下坡路段問她事情，對我們兩人而言恐怕都很吃力，得在這段路堵到她才行，於是我把腳步放得更慢了。

說到伊原。

當初她得知大日向申請體驗入社時是什麼反應呢？

我倒記得里志的反應，他一如平日以誇張的言詞說，即使只招募到一個人也該大肆慶祝一番才是，「哎呀呀，實在很難想像奉太郎拉人入社的模樣，這個學妹的出現根本就是奇蹟呀！」之類的，接著抓著大日向問鏑矢中學是不是一如往昔？有沒有哪個老師離職了等等。

至於伊原的反應，我沒什麼記憶，等到留意到時，她和大日向已經走得很近了，不過想當初伊原也是很快和千反田變成好友。這傢伙雖然平日給人咄咄逼人的冷酷印象，說不定其實有著不怕生的個性。大日向的身高比伊原要高得多，但不可思議的是兩人站在一起聊天時，一眼就看得出伊原是前輩。

忘了伊原在什麼時候說過：

「小向，光看外表會覺得妳是運動陽光型的耶，皮膚也晒得很漂亮。」

大日向有些害羞地回道：

「那是滑雪晒出來的啦，不過我膚色本來也比較黑就是了。」

「哇！妳會滑雪呀？是去這附近的滑雪場嗎？」

「這邊的也會去玩，不過今年我跑去岩手縣滑哦。」

「不是玩單板？」

「我玩一般的雙雪板。學姊妳是玩單板嗎？」

「我兩種都不會。」

我想起了兩人之間這段天真無邪的對話。

而且我記得她們倆在一起總是說說笑笑的。

我邊走邊頻頻回頭。

被我猜中了。走到這段平路的中段時，伊原出現在坡頂附近。

只見她夾緊腋下，注視著自己的腳邊，由於她低著頭，劉海遮住了臉，看不見她的表情。她應該是很認眞地跑上那段險坡吧，呼吸明顯地紊亂，步伐不大，但進入平路後，手臂的擺動幅度稍微增大。相當正規的跑法。

我也擺動手臂，緩緩地跑了起來。

接著配合後方伊原的速度，空出相隔約一個人的距離之後，與她並肩前進。

「伊原。」

聽到我喊她，她只是瞥了我一眼。

接著一如我的預測，她不發一語地提高速度。我早料到她會有這反應，但我當然不能被她拋在後頭，於是緊追不放。

「只要回答我一件事就好。伊原，我只問一件事，是關於大日向的。」

伊原依然看都不看我一眼，張口呼吸的嘴裡只簡短吐出一個字：「說。」

我要問的事，事先就想好了。

「昨天妳和大日向在社辦外頭擦身而過，對吧？然後聽到她說要退社。」

伊原微微點了個頭。

「我聽里志說，那個時候大日向還跟妳說了有關千反田的事，說她是『宛如佛陀的人』。大日向真的是這麼說的嗎？一字不差？」

這時伊原才終於轉頭看我，我感覺忍耐著跑步之苦的她，眼神中似乎掠過一絲疑惑。她的視線很快就拉回自己的腳邊，她似乎打算趁這段平路調整呼吸，只見她大口呼吸著。

雖然和她並肩前進，但我怕惹她不開心而刻意隔開一段距離，沒想到她此刻卻突然湊近我。短短幾公尺的並行之間，她口齒清晰地回答了我的問題。

接著我放慢速度，伊原則是維持原速度，很快便進入下坡道消失了身影。

她的話語則留在我的耳裡。她是這麼說的：

「不是，小向說的是：『千反田學姊是個看上去宛如菩薩的人吶。』」

二

是朋友就得慶祝

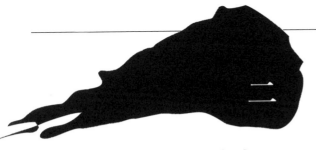

1 現在位置：5.2 km處。剩餘距離：14.8 km

我的腦袋無法在下坡路段運轉。

辛辛苦苦才爬到現在的高度，卻得轉眼間就在眼前的險降坡消耗掉這些努力，我不禁在內心強烈反省著，雖然這是我自己選擇的路，但橫豎最終得衝下坡，我當初又何必要爬坡呢？

先前的上坡路段僅是緩升坡，接下來的下坡路段卻不然。這段恐怕可媲美鵯越（註1）的險坡要一直綿延到山麓之處，之後的路段兩側則會再度出現杉樹林，視野將變得無比狹隘，坡度則是極端陡峭，要是衝得太急容易摔跟頭。我每踩下一步，腳步聲聽起來都不太一樣；如果漫不經心地踏出步子，運動鞋踩上柏油路面甚至會發出明顯的聲響，這樣毫無警覺地走下去，膝蓋肯定撐不了多久，於是我很自然地縮小步幅，謹慎地朝下坡方向跑去。

這段路當然要用跑的。雖然跑得太快腿會疼，但以常理來判斷，下坡路段有利於加速，如果全程二〇公里當中沒有在幾個路段認眞拚一下，天黑前到不了終點。

於是我決定在這段下坡暫時專注在跑步上。

然而，我的腦海卻不斷打轉著伊原剛剛提起的奇怪話語——那句她從大日向口中聽到的話。

宛如菩薩。宛如菩薩。

這吉利的詞彙奇妙地令我感到一絲寒意，可是由於坡實在太陡，我無法深入思考這話背後的意義。

眼前出現了一個大彎道，一名輕鬆超越我的男學生因爲衝得太猛，明顯地跑出了跑道，我稍微原地踏步了一會兒，發現前後的神高學生踏著柏油路面的腳步聲不絕於耳。

我下意識地使出Out-In-Out（註2）的過彎技巧，過了大彎後，正前方的視野豁然開朗，遠遠就看得見仍披著白雪的神垣內連峰，雖然冬日寒風不是從那兒吹來，我卻不知怎地感到涼意。

里志騎著越野腳踏車先一步巡視去了，伊原也超過我而去；在千反田追上來之前，我還有些想法得先整理好才行。

下坡一結束便來到平坦的道路上，我旋即放慢了腳步。

印象中我和大日向幾乎不曾面對面長談過，但在她入社之後的這段日子當中發生了一件我們從沒料到會發生的事。而假設大日向決定退社的癥結點出在她與千反田的關係，說

註1：鵯越，今神戶市以北鐵拐山一帶，地形為崖壁陡峭之天險。日本平安時代知名武士源義經曾率領七十精騎衝下鵯越，成功突襲平家本陣，史稱「鵯越之逆襲」（鵯越えの逆落とし）。

註2：即「外進外出」。從外側進彎，過彎時貼彎道內側，再向外側出彎。

不定那件事正是最大的導火線。

我不太想回想那天的事。該怎麼說呢？雖然不至於讓我背脊冒冷汗，但我到現在一想起來，心頭還是隱隱浮上一絲焦慮。

我清楚記得那天的日期與星期。

那天是星期六。

2 過去：二十七天前

懶洋洋的早晨。

前一天弄到很晚才睡，也沒特別幹什麼，只因爲是假日的前一天，讀讀書、看看電視，時間就過去了。

我摸到快中午才慢吞吞地走出房間。客廳裡沒半個人，我曉得爸爸出門去工作，至於姊姊人去哪兒就不清楚了，有可能在家，也有可能不在日本。我毫無顧忌地大大地打了個呵欠之後，重重地坐到沙發上。

矮茶几上擺著電視遙控器，我先按開電視，轉了轉頻道，沒發現有趣的節目，加上本來就還有點睏，又覺得電視似乎太吵了，於是回房間拿出讀到一半的文庫本，深深地窩回沙發上翻開了書。

但一行沒看完，我便抬起頭來自言自語：

「好暗吶。」

窗簾是拉上的。雖說走過去打開就成了，但舒適地窩在沙發上之後連站起來都嫌麻煩。我蓋上書，再度抓起電視遙控器。茶几上除了菸灰缸，還擺著一座招財貓。

這隻招財貓很妙，不知道是設計不良還是刻意爲之，總覺得貓的嘴角露出奸笑，其他則一如標準的招財貓模樣，一手拿著小判（註）。不過通常小判上會寫著氣勢十足的「招福」、「大大吉」或「千萬兩」等字樣，這隻貓的錢幣上卻只寫了單獨一個「吉」字。買了這個感覺招財能力不上不下的招財貓回來的人，想也知道是我姊姊，到底哪裡在賣這種東西呢？

招財貓的內裡是空心的，沒拿小判的那隻手臂內部裝有彈簧，好讓貓做出招手的動作，而姊姊在裡面動了點手腳，現在成了一隻會發射紅外線的招財貓，而且反正是肉眼看不見的光線，姊姊刻意設計成讓光線從貓眼發射出來。

「那隻貓會發射光束哦。」

姊姊得意地告訴我時，我一時還想不通她在講什麼，接著冷靜想想，電視遙控器的原理也是透過紅外線，所以簡單講就是姊姊把某樣東西的遙控器裝進招財貓的肚子裡。

接收器被裝到天花板的日光燈上頭，只要壓下招財貓裝了彈簧的那隻手，就能透過貓眼射出的紅外線控制日光燈的明滅。這麼一來，原本垂掛在日光燈下方的控制拉繩便可撤

註：日本江戶時代通用古錢幣的一種，呈橢圓形。

掉了，客廳顯得更爲清爽。不過喜悅的感覺只有一瞬間，雖然拉繩消失了，相對地卻必須從此在茶几上擺上一座招財貓，怎麼想都是後者比較占空間，要不至少也擺一隻可愛一點的招財貓啊。

此刻招財貓擺在茶几的另一頭，我伸手搆不到，所以我拿起電視遙控器並將之當成長棒，試圖壓下招財貓的手，卻差那麼一點老是搆不到，雖然只要屁股稍微離開沙發就搆得到了，但屁股離開沙發跟站起來是一樣意思，都做到這地步，我當然說什麼也想繼續窩在沙發上又同時壓下貓的手，就在我伸長了手臂努力著的時候，身後傳來聲音。

「我說你啊，是想追求怠惰的最高境界嗎？」

節能之途永無盡日，最高境界總在前方。我回頭一看，是姊姊，看樣子她大白天就沖了個澡，整個頭以浴巾包住。她邊走進廚房邊問我：

「要喝咖啡嗎？」

「要。」

「那順便泡我的份。」

妳不是要自己泡咖啡來喝？那幹麼進廚房？

遺憾的是我滿腦子只想喝咖啡，方才明明打定主意說什麼都不讓屁股離開沙發，一切努力都化爲烏有。沒辦法，我砰地一拍膝蓋，讓自己振作精神站了起來，走進廚房燒開水。姊姊則是背對我打開冰箱探頭找食物，她發現了三明治，塞進嘴裡。我不知道爲什麼冰箱裡會有那種東西，不過我家冰箱裡有時會出現黑雀蜂幼蟲佃煮（註）或是袋鼠肉漢堡排，相較之下出現三明治就沒什麼好驚奇的了。

「看是要吹乾頭髮還是要吃東西，一次做一件事啊。」

我故意叨念頭上纏著浴巾的姊姊，但她只當是耳邊風，從冰箱拿出一顆蛋，立在水槽裡像是轉陀螺似地轉了蛋，結果蛋很快失衡倒下，根本轉不起來。

「搞什麼，是生的啊。」

聽到她如此嘀咕。看來她這舉動是在辨認生蛋和熟蛋。我昨晚的確煮了白煮蛋，但是半夜裡自己吃掉了，我比較好奇的是爲什麼姊姊知道冰箱裡有白煮蛋？嗯，可能是我留下了什麼蛛絲馬跡吧。

姊姊似乎挖不出其他想吃的東西了，臀部一頂關上冰箱門，站在忙著準備咖啡杯的我的身後問道：

「對了，你感冒好了嗎？」

「感冒？」

「不是很嚴重嗎？」

我想了一下回道：

「妳在講什麼時候的事？」

我這個月稍早確實曾經感了冒。

註：佃煮即日式煮物，以醬油和味淋煮乾小魚或是貝類海藻等食品，味道重鹹有利保存。

有天，千反田打了電話來，說春天的祭典缺人手，想請我幫忙，我躊躇了一番，後來還是出門去幫忙。結果那是相當奇妙的一天，連我都不太相信那天當中的所有事都眞實地發生過，即便至今仍清楚記得那幅映在提早綻放的櫻花當中的景象是多麼美侖美奐。

那天很冷，太陽下山後溫度更低，我在喊冷，千反田卻說什麼已經是春天了不冷呀。我不是想埋怨這一點，但我隔天昏睡了一整天，而且家裡沒半個人，姊姊還直到深夜才回來，那之前只有我獨自悲慘地待在被窩裡嘀咕著：好冷啊我好像發燒了啊肚子好餓啊……

姊姊就是在講那時候的事吧？不過那時是春假，我大概休息兩天就復原了，也很平常地去參加了開學典禮。

「那已經是將近一個月之前的事了。」

「是哦？已經過了那麼久了？小孩子眞的長大得好快呀。」

姊姊胡扯帶過，碰地拍了一下我的頭，緊接著順手抓亂我的頭髮，丟了一句：「去把睡翹的頭髮弄直哦。」

晚一點再弄。

指使人家幫她泡咖啡，泡好卻一口也沒喝，只說了句：「啊，來不及了。」就回自己房間。我又窩回沙發看我的文庫本，大概三十分鐘之後，姊姊又出現了。

「噯，你今天也不會出門吧？」

我雖然沒有出門的計畫，可是什麼叫做「今天也」？我盯著書回道：

「沒想過要不要出門。」

「你的生涯移動距離究竟會是多少呢？」

「姊弟兩人剛好取得平衡啊。」

姊姊一副就是把我看扁了的語氣回道：

「你的意思是你沒移動的份都送給了我嗎？還眞貼心。」

姊姊浪費掉的汽油、飛機燃料等等移動所需的耗能，就由我窩在家裡不出門做爲平衡補償；我的節能主義正是代替不成熟的姊姊向人類文明做出的賠罪。

「你這可憐的孩子。」姊姊說完過分的評語，又說：「也好，不過今天兩點半之前你都別出門哦。」

「是叫我看家嗎？」

「對。要是沒半個人來的話，之後就隨便你要出門還是幹麼。」

我沒有出門的計畫，但被強制不准出門，總覺得不自由。我依然把視線釘在書上回道：

「那妳帶東西給我。」

姊姊似乎已經在穿鞋了，玄關那邊傳來聲響。

「好啊，我買蠟燭回來。你很喜歡吧？」

妳在講什麼時候的事？

不過，姊姊提到了蠟燭，表示她記得今天是什麼日子，雖然看樣子她並沒打算慶祝。

小時候，我很喜歡吹熄蛋糕上的燭火。

今天是我的生日。

看家看到兩點半是什麼意思？我蓋上看到一半的文庫本，翻過身趴在沙發上思考。下這個指令的是姊姊，她肯定在打鬼主意。要我在家等著就代表有什麼會上門，究竟是什麼？

碰上這個日子，合理推測是送禮，然後正因爲合情合理，這個肯定不是答案，因爲折木供惠不是會幹這種事的人，就算是她送的禮物，指定兩點半這個時間也太不上不下了。

姊姊的說法是「要是沒半個人來的話，之後就隨便你要出門還是幹麼」，這表示上門的應該是客人而不是禮物。生日當天上門的客人……不，說不定我把這個指令跟生日扯上關係本身就是錯誤的推測方向，搞不好是單純地收費員上門還是鄰居送社區傳閱板來，錯就錯在我先入爲主地覺得她這指令有鬼，再怎麼說懷疑親姊姊也太過分了。

我如此說服自己，但還是抹不去心上不好的預感，頻頻在意起時間，更覺得時針移動得緩慢無比。

不知怎的沒有食慾，我決定中午不吃了。沒多久，我看完了手上的文庫本，想要再拿下一本來看，但剩下的時間又說長不長，於是我打開電視，正在播旅遊節目。我看著和我毫無關聯的人住進高級旅館大啖美食，消磨時間。

然後過了兩點。

仔細想想，所謂「要是過了兩點半沒半個人來的話」，這說法不代表事情會發生在兩點半，而是明確指出等待的終止時間點。比方我對里志說：「要是兩點半我還沒到的話你就別等了。」意思是：「我可能會晚點到，要是兩點三十分還沒看到我，就當作我不會出現吧。」

因此，兩點五分左右，玄關門鈴響起時，我心裡早已認定來者就是姊姊說會上門的客人。好了，究竟會出現鬼還是蛇呢？我站起身，穿上拖鞋，踩進玄關地面，湊到門上貓眼窺看外頭。

站在門前的不是鬼也不是蛇，不是收費員也不是送傳閱板的鄰居。

「可惡。原來是這麼回事。」

我不禁嘀咕出聲。

門外站著四人——里志、千反田、伊原、大日向。

里志似乎察覺門的另一側有人，也湊近貓眼回望，帶著一臉狡詐的笑容舉起單手打招呼。姑且不論萬般問題點，唯獨一件事，我得感謝姊姊。

多虧她的叮嚀，我稍早把睡翹的頭髮梳直了。

人都來了也沒辦法，總不能趕他們回去。

總之先把人帶進客廳，讓大家圍著茶几坐下來。千反田和大日向坐沙發，里志和伊原則是坐上我拿出來的和式坐墊。

里志身穿馬球衫搭工作褲，伊原則是灰色帽T搭短褲，千反田穿著淺桃色針織衫搭及膝裙，大日向穿的是印有圖案的T恤搭牛仔褲。他們都穿了平日少有機會看到的便服，我睥睨著四人嘟囔道：

「諸君，這究竟是什麼怪鵝咧？（註）」

「你在講什麼啊？」

伊原很有氣質端正正座著，卻突然爆出很沒氣質的話。大日向說：「啊，是朔太郎！」里志沒理會大日向，逕自笑著回我：

「你是想說：『今天吹的是什麼風？』對吧？」

我默默地點了頭。

毫無疑問，這四人是來幫我慶生的，因爲大日向帶了一個綁著緞帶的盒子。盒子側面印著我也曉得的蛋糕店店名，裡頭顯然裝的是完整未切的蛋糕，所以我沒問他們來幹麼。

只不過，里志和我是從中學二年級就認識至今的交情，我們從沒想過要幫對方慶生；就算這小子臨時起意想鬧我一下，也不可能把社團全員都拉來，因爲古籍研究社不是那樣的團體。

我們總是懷抱各自的心思去到社辦，製作社刊時雖然一定程度出了自己的一份力，不過我們感情沒有好到會相約一起去誰家玩、把相互之間的關係牽扯到自家的家裡。我一直是這樣的態度，而我相信他們幾個也是一樣的心思，所以現在像這樣突然拉近距離，我不由得有些困惑。

「我們突然跑來，一定給你添麻煩了……」千反田擔心地說道。

我是不覺得麻煩，只是，「你們嚇到我了。」

「我想也是。」里志聳了聳肩說：「我也嚇了一跳呢，雖然是聊到後來臨時起意，沒想到還眞的成行了。」

我想問的有兩點。

「爲什麼你們知道今天是我生日，還有，是誰提議要來的？」

「這說來話長……」千反田微微偏起頭，似乎在思考該從何說起，「一開始是大日向同學問我們有沒有辦過聚會之類的活動，我回說文化祭那時候辦過慶功宴，大日向同學又問說還有其他的嗎？我回說印象中沒有了，然後……」

聽來的確話很長，伊原接口，兩句話解決：

「我們聊到你生日快到了，小向就提議來辦慶生會嘍。」

「妳知道我的生日？」

「我只知道是在四月。同班那麼多年，正常人都會有印象吧。」

「我就不記得妳的生日。」

「那是因爲你是很沒禮貌的人。」

被這麼一說，我確實有很多機會知道伊原是幾月出生的，因爲我們小學和中學都同

註：出自「日本近代詩之父」萩原朔太郎（一八八六～一九四二）的代表作詩集《吠月》（月を吠える）當中的〈死〉。《吠月》被譽為口語自由詩的紀念碑。

班，尤其是小學的時候教室公布欄都會貼出「本月生日的好朋友」，只要記得我是四月出生，去翻一下從前的班刊就查得到日期了。

只不過沒有動機的話是不會特地去查這東西的，換句話說，主謀是大日向。

「是妳策畫的？」我直視大日向。

她轉著眼珠看了看客廳，和我對上眼之後，一副大剌剌的態度笑著說：

「是朋友就得慶祝才行呀。」

先不論她這信條的正確與否，也有人寧願選擇靜靜地獨自慶生的。

「而且，沒有人得到朋友慶生還不開心的。」她毫不猶豫地說道。

說得斬釘截鐵，讓我也不禁覺得，說不定眞是如此。嗯，有開心。

遺憾的是，到現在還沒半個人跟我說一聲「生日快樂」。

「話說回來，眞虧你們有辦法約齊所有人。」

就算大日向提議辦慶生會，我也很難相信其他幾個會想參加。千反田還可能出於照顧新社員的心意而附議，但說到伊原，我怎麼想她都不可能答應。她或許是察覺我的疑惑，冷冷地說：

「我傍晚要去看電影，只是順路來露個臉，兩小時之後就要閃人了。」

這樣啊。

「我們帶了喝的，拿紙杯出來吧。」

那爲什麼不順便買紙杯來呢？仔細一看，里志還拎了一盒點心來。光是打開盒子就直接吃也太寂寞了，感覺排放到點心盤上比較有氣氛，我記得餐具櫃裡好像有個木盤子。而大日向拎著的盒子裡裝的是蛋糕，那麼等一下還需要小碟子和蛋糕刀了。碟子應該夠五人份，當然需要小湯匙，還是用小叉子比較好呢？

我起身到廚房翻找餐具，無意間，一個疑問浮上腦海。

既然這是慶生會，表示主角是我。

爲什麼只有我得忙進忙出？

我捧著餐具回到客廳，茶几上的菸灰缸、讀完的書和電視遙控器都被收到一旁的矮櫃上，唯獨那個招財貓仍穩坐茶几一隅，面露奸笑。

里志買來的點心是頗有氣氛的西式餅乾，千反田說：「感覺很適合配果醬來吃呢。」於是我擺好點心盤和小碟子之後，從冰箱拿出夏橙果醬。大日向一看到果醬瓶身便開心地說道：

「嘩！這是的『米盧・弗露魯』的果醬耶！」

我看了看標籤，印著「*Mille Fleur*」（註），要不是她先說出口，我搞不好會念成「麥盧・胡立烏」，但我當然不能讓她看穿心思，死要面子地應了句：

「識貨哦。」

註：法文「千朵花」之意。

「居然若無其事地就拿出『米盧・弗露魯』，學長眞是不能小看啊。」

就是有像大日向這種坦率的好孩子，但在場也有不坦率的人。伊原一副懷疑的態度問道：

「你眞的聽過？」

「沒聽過。」

「那幹麼裝出一副很了的樣子啊！」

「想虛榮一下嘛。抱歉，是我的錯。」

道歉後，我轉頭老實地問大日向：

「那是什麼？」

查覺到我幼稚的虛榮，大日向回給我極度冷漠的視線，但旋即重整心情，拿起果醬瓶說：

「這是一家果醬專賣店，人氣很高哦。我也買過他們的果醬，雖然很貴，但貴得很値得，眞的好吃。」

「很貴啊……」我望著瓶身，不由得嘟囔。

「哎喲，只是以果醬的一般價位來說啦。」

雖然不該以貌取人，我怎麼都想像不出晒出健康的淺褐色皮膚、一身輕盈的大日向跑去果醬專賣店消費的模樣。

「這麼高檔的果醬，拿來配餅乾吃好像有點浪費耶。」里志不禁在意起來。

千反田微笑道：「不會啦，吃吃看嘍。」

於是我們決定享用這瓶果醬。

大日向說：「我帶了打火機來。」她說的應該是點蛋糕蠟燭專用的打火機吧，雖然萬事具備，蛋糕卻沒那麼快登場。

伊原帶來的飲料是裝在宛如香檳的瓶內、味道也宛如香檳的氣泡白葡萄果汁。我拿了咖啡杯出來，里志卻說：

「欸，奉太郎，你就不能拿有氣氛一點的杯子出來嗎？」

我把一直收在餐具櫃裡從沒用過的客用玻璃杯拿了出來。這些是沒有杯腳的矮玻璃杯，杯壁俐落的刻紋花樣宛如水晶般閃閃發亮。

「這叫什麼來著？」伊原偏起頭。

「杯子。」人家一片好心告訴她，她卻當耳邊風。

「不是平底杯，也不是高腳杯……」

「是切子（註）嗎？」大日向說了個答案，但似乎也沒猜對。

「那是裝飾工藝的種類名稱，我想不起來這種形狀的杯子叫什麼去了。」

「盒子上寫著威士忌杯哦。」

伊原臉上露出些許不甘。

註：「切り子」，日本傳統在玻璃器皿表面切割磨刻花紋圖樣的工藝手法。

其實應該用有腳的玻璃杯比較有氣氛，但家裡沒有也沒辦法，就算有，我也不知道收在哪裡，不過更令人洩氣的是威士忌杯只挖出了四個。

「咦？只有折木同學用一般的杯子嗎？」

最後變成這個下場，怎麼想都覺得他們對待壽星太過分了。

每個人的杯裡都斟上果汁後，大日向說：

「好啦，那麼由誰來舉杯呢？」

里志和伊原交換一個眼神之後，像是講好了似地同時看向千反田，而千反田似乎也早料到自己會被拱出來，順從地舉起了玻璃杯。

她露出靦腆的笑容，似乎不確定該說什麼才得體，但還是正經八百地開口了：

「嗯，今天是折木同學的生日，就讓我們舉杯慶祝嘍。雖然應該送上禮物的，但因爲是臨時起意來不及準備，不好意思了。」

「人來就好了啦。」

接口的不是我，而是里志。麻煩不要隨便捏造別人的感想好嗎？

「有這句話，我們就寬心了。」

也麻煩不要聽到這捏造的感想還擅自感到寬心好嗎？

「折木同學是我們當中最早滿十七歲的，對吧？那麼就……祝你生日快樂！大家乾杯！」

四只威士忌杯與一只普通杯在空中輕碰，笑得尤其開心的不是身爲壽星的在下，反而是大日向。

在這個時間點，我所擔心的事情消去了一項。

雖然我並沒有期待他們對我說生日快樂，但我剛才真的有點擔心這幾個人會不會只是吃吃喝喝就拍拍屁股走人了，直到乾了杯，我終於收到了他們的祝福。

但是，還有一件事仍多少懸在心上。

就是那個招財貓。

為什麼那東西還端坐在茶几上沒移走？我去廚房拿餐具的時候，他們幫忙清出空間，把茶几上的東西全都移到矮櫃上去，唯獨留下了招財貓。

只是湊巧沒收走嗎？不，那東西是茶几上所有物品當中最占位置的，要清出空間擺食物，照理說第一個就會想移開那東西。而此刻那東西之所以仍端坐在茶几上所代表的意義，晚點會不會有誰察覺到？

方才我已經犯下了一個失誤——我沒料到那個夏橙果醬那麼高檔，沒想太多就端了出來，幸好話題沒繼續下去……

不能再大意了。

里志帶來的餅乾是僅帶點微鹹的鹹餅乾，沾上果醬一起吃的確非常美味。本來以爲果醬比較適合搭配甜的食物，但不知怎的，那罐叫火奴魯魯還是什麼的夏橙果醬，酸味確實相當絕妙。

「福部學長，你來過折木學長家玩吧？」

被大日向這麼一問，里志看向我說：

「……沒有吧？」

「沒有啊。」

「只有到過附近，那時好像是約在公園碰頭，來找你借什麼東西哦？」

我偏起頭回想。我確實曾經要里志在附近公園等我，可是，

「是嗎？我怎麼記得好像是要我拿東西還給你？」

是兩年前左右的事，已經記不太清楚了。印象模糊就表示不是什麼重要的事，可是記憶分歧卻讓人不由得在意了起來。這時大日向說：

「會不會是借的時候來一次，還的時候又來一次，總共來過附近兩次呢？」

原來如此，有道理。

「不過都沒有登門嗎？」

「我記得應該是不用到上門拜訪的小事呀。」

大日向仍沉吟著，拿起威士忌杯以口就杯。

「那還眞是隨興呢，要是我就會很想順便上門叨擾一番了，因爲是男生嗎？」

里志偏起頭，「或許吧，不過本來就是以君子之交淡如水爲前提相處，可能不是所有男生都這樣。」

「是福部學長還是折木學長的前提？」

「兩人都是啊。」

嗯，沒錯。

「是哦。原來也有這種相處模式⋯⋯」

大日向不知在沉思什麼。要說男生之間的交情比較隨興，我並不覺得我和里志特別堅持君子之交，應該就是一般程度。眞要說起來，大日向還比較男孩子氣，不過我想男孩子應該沒人有辦法大剌剌地問出這種問題。

大日向把一片餅乾放進口中，抬起頭來又發問了：

「我可以問一個問題嗎？學長你的房間是什麼樣子？」

我的房間？我內心不由得稍稍提高警戒。

「很平常啊，就擺了床、書桌和書架。」

「裝飾呢？」

我想沒什麼特別値得一提的，頂多牆上貼了點東西。我沒吭聲，正試著回想，一旁摸著招財貓的頭的伊原突然多嘴說道：

「別問啦，小向，這傢伙也有隱私權的。」接著瞥了我一眼，露出冷笑，「再說，男生的房間裡會有什麼東西，用小指頭想也知道吧。」

我不知道她的小指頭想的是什麼，不過我房裡又沒有收著必須遭受她那輕蔑笑法攻擊的東西。唔，只有一點點啦。

「我想像不出來。」大日向嘀咕著。

里志笑著說：「像是教科書啊。」

我也接口：「還有參考書。」

「也有字典吧？」

「那當然嘍。」

伊原毫不掩飾地露出受夠了的表情，「你們是白痴嗎？」

點心盤內的餅乾一點一點地變少，我不覺得可以全部吃完，但要是吃光，就是蛋糕登場的時候了。我發現自己的手不自覺地一直伸向點心盤，才想起是因爲我沒吃午餐，於是我突然想到——

「對了，你們吃過飯才來的嗎？」

回答不一。

千反田說：「吃了一點。」大日向：「吃飽了才來的。」伊原：「我早餐很晚才吃，還沒吃午餐。」里志：「沒吃。」

那麼此刻就是身爲壽星兼主人的我該有所表現的時候了。

「那我們叫披薩來吃如何？」

「咦？不行啦，怎麼能讓壽星請客。」

千反田多慮了，想也知道沒那種事。

「當然是各出各的啊。」

「啊……也、也對。」

然而里志卻持反對意見。

「不要啦，我本來也想說買披薩來，人多的時候最適合吃了，可是啊，我忘了。」

「披薩店沒開嗎？」

「星期六還不開店怎麼做披薩生意？不是啦，是那個……」

里志瞄了伊原一眼，相較於里志的呑呑吐吐，伊原倒是一如平日地心直口快：

「因爲我不吃起司，抱歉啦。」

「……是喔？我都不曉得。」

「要是你知道我愛吃什麼不愛吃什麼，我才會嚇到咧。」

學校的營養午餐應該有時候會出現起司，所以我是有機會曉得伊原不敢吃起司的，但我卻不知道這件事。雖然剛剛才被她戳過，但我可能眞的是有點沒禮貌的人。

「學姊妳也不敢吃起司哦？」拿起餅乾豪爽地沾上果醬、豪爽地扔進嘴裡的大日向，猛地探出上身問道。

「嗯，不是很喜歡，也不是說完全不能吃啦，只是實在呑不太下去。」

「是因爲不喜歡那個口味嗎？」

「是氣味。如果是切成薄片或是冰的起司，沒有散發那股氣味就ＯＫ，但如果是加熱的起司，就怎麼都呑不下去……小向妳也不喜歡起司？」

大日向嘻嘻一笑說：

「我朋友說啊，『腐敗的橘子和牛奶都該直接扔掉。』」

大日向在遇到難以啓齒的事時，似乎會習慣性地拉出「我朋友說」來當擋箭牌。伊原聽了這說法，也不禁露出苦笑：

「如果能夠那麼明快地做出結論就好了。我只覺得這有點像是自己的弱點，很不甘心呢，成人之前一定要克服！」

伊原一定會跑去庇里牛斯山脈一帶關進山中隱居，一天吃三次起司訓練自己，出山時搞不好還開悟了，然後說不定，日後席捲起司界的伊原乳業便是由此而生。

不喜歡起司的口味，不吃就好了；但伊原受不了的是氣味，要是叫了披薩來就太委屈她了。雖然仔細看披薩店的傳單上頭可能也找得到不加起司的披薩，不過又不是非點披薩來吃不可，而且里志的餅乾意外地還滿容易飽的。

「話說回來折木學長，你眞的對於伊原學姊的事一無所知耶，你們不是從小學時代就一直同班到中學畢業嗎？」

「是啊。」

「你那是什麼得意語氣？」

我沒有得意啊。

大日向不斷伸向點心盤的手突然停下，一臉訝異地看向伊原說：

「也就是說，莫非伊原學姊妳也沒來過這裡？」

「我怎麼可能來這？我跟這傢伙雖然是同一個學區，但我家又不在這附近。」

「咦？可是……」

大日向看向身旁和她一同坐在沙發上的千反田，然後依序看向里志和伊原，偏起了頭一臉納悶地說：

「我們來的時候完全沒有迷路吧？我一直以爲是學長還是學姊你們誰來過耶？」

我覺得時間似乎停止了數秒。

我擔心的事居然在此刻登場。

本來以爲話題轉到我的房間上頭，就不會有人聊到那個招財貓了。是我掉以輕心了，沒料到從叫披薩的話題會一路聊到這一點。

我不清楚伊原對於食物的好惡，代表我和伊原的交情眞的很淺，也進一步指出伊原不曾來過我家。原來如此，這樣也能扯過來。也就是說，我根本是自掘墳墓。

事到如今還可能轉移話題嗎？

我看已經太遲了。問題點已經被拉上檯面，要是此刻硬是扯開話題，他們反而會懷疑爲什麼我避談那一點。大日向的提問幾乎致命，恐怕將直指**茶几上那個招財貓所訴說的真相**，不過這還算是近距彈，不是直擊彈。

我強忍著憂心，祈禱話題快快轉開，總之現在只能先別吭聲等風頭過去。

不知道那傢伙是否也能體會我此刻的心情。

伊原看向里志說：「喔，不會迷路呀。阿福，剛才是你帶路的吧？」

里志語帶困惑地說：「我只是照著地圖走。雖然這一帶的住宅分布有點小複雜，但我還滿會看地圖找路的哦。地圖是——」

「是我準備的。」千反田接口道。

「嗯，我是跟千反田同學拿的地圖。」

里志說著從口袋拿出一張地圖影本，那不是詳細記載了各戶姓氏的昂貴住宅區地圖，而是神山市所製作的町內地圖，影本上以紅筆圈出我家的位置。

「啊，對了，小千妳之前來過一次嘛。」

千反田一聽，登時僵住。

「妳忘了嗎？就是去年那件事啊，暑假的時候入須學姊請我們去幫忙看片，妳不是來叫折木出席嗎？」

「喔，呃，沒有啦……」

眞虧伊原記得，的確有過這麼一回事，那時千反田聽里志說我蹺掉不想去，特地跑來找我，不過那時候——

「我按照福部同學告訴我的位置來到這附近，可是沒找到折木同學的家。」

她當時撥了電話給我：「我是來接你的，可是我迷路了，能請你來接我嗎？」雖然她人就在我家附近，並沒有來到我家門前。

「不過我們手上有地址，再加上這一區的地圖就沒問題了。」

「喔，原來如此……」大日向似乎接受了這個說法，調皮地一笑說：「地址的話不難弄到手哦，譬如說，呃……只要有個什麼就可以……」

她邊說邊皺起眉頭，「要有什麼來著？咦？有什麼可以查到地址的東西嗎？有嗎？」

這個一年級新生還眞愛糾結在一些奇怪的點上頭。我望著同樣坐在沙發上的大日向和千反田，這兩人乍看外表完全是天差地遠，但說不定她們的個性深處其實有著相同的執著。

「對了！賀年卡啦！」大日向整個表情都亮了起來。

里志卻多嘴講了一句：

「可是奉太郎不是會幹那種麻煩事的人哦。」

別這麼說，我心裡是想寄的，只是我也遇到同樣的困境，也就是——我不知道這幾個傢伙的住址啊。

「眞假的？」大日向似乎驚訝到忘了自己是在和學長姊講話而非平輩，一臉狐疑地看向我說：「寄賀年卡給朋友不是最基本的交流嗎？」

「無所謂啊，一開春就會碰到面了。而且賀年卡不是……那個嗎？無法當面拜年的人在寄的。」

「話是這麼說，可是我今年能向折木同學你當面拜到年，是因爲我打電話找你出來的，不是嗎？」千反田帶著笑意說道。

里志放下咬了一口的餅乾，也笑著接口：

「對呀，說到今年的正月眞是太有意思了，一想到摩耶花——」

話才說到這，里志察覺伊原冷冷的視線，當場閉了嘴。明明不是誰逼她去打那份工的，伊原似乎對於自己正月時去神社打工擔任巫女（註）一事一直覺得很丟臉。當然大日向不曉得曾經發生這件事。

「伊原學姊怎麼了？」

「沒什麼啦。我們在講怎麼弄到折木地址的，是吧？」

伊原硬是拉回到先前的話題。要是能夠繼續聊今年正月發生的事，一定能夠徹底遠離招財貓的事；但相對地卻會招來伊原的怨恨，那也不是樂見的事。

就在我迷惘之際，伊原露出一臉不耐煩的神情，像是在說「這麼簡單的原因幹麼想那麼久」，直截了當地說：

「不是有畢業紀念冊嗎？上頭都會寫啊。」

「喔，對耶對耶。」大日向點了點頭，又旋即偏起頭：「可是，千反田學姊不是鏑矢中學畢業的吧？」

「不，摩耶花同學說對了哦。」千反田終於開口了，「折木同學中學的朋友當中，有一位姓惣多的同學，因爲我家和他家有些交情，彼此見過幾次面。我就是向他借畢業紀念冊來看的。」

伊原和里志同時訝異地問道：

「何必那麼麻煩？妳說一聲我就拿來借妳啦？」

「是喔？小千妳跟我借不就好了？」

千反田同時被兩人責備，難得見她縮起肩膀，一臉愧疚地說：

「我本來也是想拜託你們的，可是那陣子大家都忙，湊不到一起，而在社辦遇到時我又忘了提……後來剛好有事去了惣多同學家一趟……」

「我想起來了，以前班上的確有一位叫惣多的男生，可是我記得他好像跟折木沒什麼交集啊。」

確實沒什麼交集，那人老愛發呆，足球很強，我曾經和他交換過幾本書看。

「他家裡是有背景的哦？」

「惣多同學的父親是市議員，是個完全沒架子的人呢。」

里志刻意鼓起臉頰，誇張地搖著頭說：

「哎呀呀，不愧是千反田同學。雖然我知道妳人脈非常廣，但是連奉太郎的中學同學都認識，太嚇人了。」

「不是的，眞的是事出湊巧——」

「這麼看來，莫非妳也從哪兒聽說了我從前的事蹟？」里志根本沒在聽千反田講話。

千反田不知是否想回里志一槍，只見她刻意高雅地將雙手手掌交疊在腿上，露出微笑

註：日本神社的女性神職人員，通常身著白上衣及紅緋袴，具有清新、神聖、無垢之傳統形象，年齡限制一般在二十五歲以下，但依神社不同各異。

說：

「我想想哦……比方說，以爲麥克風沒開，然後在廣播室裡唱起歌來，這一類的事蹟我是不曾聽說啦。」

瞬間的沉默之後，伊原笑了出來。

「啊哈哈！有有有！的確發生過那種事！」

那是我們中學三年級那年秋天發生的一起可笑又可悲的事件。

「小千，妳居然連這都知道，太強了！妳沒提起，我都忘了有過這檔事耶。」

至於自作孽的里志，臉上仍掛著方才鬧千反田時所露出的笑容，然而表情就這麼定格似地僵住，一句話也說不出來。里志面對所有事幾乎都有辦法開玩笑帶過，唯獨那事，他似乎怎麼也笑不出來。

我在心裡向里志道歉，因爲告訴千反田這個往事的，正是我。

順帶一提，當時里志唱的是嘻哈，唱得七零八落的。不過念在男人之間的友誼，我畢竟沒跟千反田講到這麼深入。

相較於千反田謙虛地回伊原說：「不是什麼值得稱讚的事啦。」怪的是大日向，只見她睜圓了雙眼，張開的嘴也驚訝得闔不攏，不知爲何反應如此激烈。

終於輪到蛋糕登場了，我往來客廳和廚房，收拾掉點心盤和盛果醬用的小碟子之後，茶几上只剩招財貓了。無論再怎麼細心吃餅乾，還是會掉餅乾屑。我拿來抹布，邊擦桌面邊不著痕跡地嘀咕：「這很占位啊。」接著便把招財貓移到矮櫃上去了。

大功告成之後，我有種很想嘆氣的心情。把這東西拿離茶几就能高枕無憂了，危機終於解除。

盛蛋糕的小碟子、切蛋糕用的刀子、小叉子。然後，配蛋糕的話，葡萄汁可能太甜，我問大家要不要喝咖啡或歐蕾，大家也覺得不賴，於是我便暫時待在廚房裡等水煮沸。

我沒辦法看見自己的表情，所以不知道我擺出的撲克臉騙不騙得過人，應該沒有被識破吧？在聊到我家地址的時候，里志、伊原和大日向不曉得有沒有察覺我內心如履薄冰的緊張心情？

咖啡杯已經拿出來擺在一旁待命了，雖然拿即溶咖啡出來招待客人有點沒誠意，但是他們突然上門，只能請他們多包涵了。我凝視著爐子上沉默的笛音壺，就經驗歸納，我發現人的視線會阻礙水溫的上升。錯不了的，像這樣盯著笛音壺看，水絕對不會沸；但每次只要稍微移開一下視線的瞬間，水就滾了。所以就節能角度來看，望向別處是最有效率的方式，但現在沒辦法，因爲四下沒有其他適合盯著瞧的東西。

就在我想著這些的時候，身後有人喊了我。

「折木同學，抹布用完了哦。」

回頭一看，千反田拿了抹布過來。

「喔，掛在水槽邊上就好。」

我把視線拉回笛音壺上。

確定千反田還在之後，我開口了：

「妳沒提那件事啊。」

過了幾秒的沉默，她悄聲地回答，話聲幾乎被抽風機運轉的聲響掩蓋。

「嗯……不知怎地就錯過講的時機了。」

方才千反田說，這裡的住址是向我的朋友惣多借來中學畢業紀念冊而查到的。我中學班上的確有個同學叫惣多，不知道後來去念哪一所高中了，只確定不是神山高中。千反田向惣多借畢業紀念冊，應該是眞有其事，因爲若是她當場編的，這藉口也太完整，何況她不是擅長即席編謊的人。

只不過，這不是眞相的全貌。

里志沒來過我家，伊原當然也沒來過。

去年暑假千反田來找我時，只到我家附近而沒有登門拜訪，她說的也不是謊話。

但是，她不是從沒來過我家。

之前她曾經來過一次。今天她雖然拿了地圖給里志，讓古藉研究社一行人順利找到我家，但不必這麼做，她也曉得路怎麼走。

她語帶些許抱怨說：

「可是折木同學你也沒提起啊。」

「不知怎地就錯過講的時機了。」

那是這個月月初的事。

千反田參與的祭典由於人手不足，加上祭典服裝的尺寸限制，於是找了我去幫忙。祭典順利結束了，但那天很冷，我因此感冒。

千反田當然無法坐視自己找來的幫手隔天臥病在床卻毫不關心。她原本想上午撥個電話來道謝，但接電話的是我姊姊。千反田得知我生病後，向姊姊問了我家住址說想來探病，當時帶來的慰問禮就是夏橙果醬。她說加進紅茶裡喝下去可以紓緩感冒症狀，但因為我不太喝紅茶，後來是以茶匙挖果醬放進小缽子裡直接舔著吃。

那時不好讓她進我房間，我忍著發燒到客廳見她，但身體不舒服的時候還要招呼客人眞的很難受，千反田當然明白這一點，放下果醬慰問過後，沒待幾分鐘就回去了。雖然只是短暫的拜訪，她來過我家卻是不爭的事實。

「我也很猶豫……雖然對摩耶花同學他們很抱歉，不過，我想說不提的話，他們就不會知道吧。」

我仍盯著笛音壺沒吭聲。

我會緊張成那樣，就是因為事情不是那麼簡單能瞞過去的。

雖然千反田說不提他們就不會知道，但**她露出的馬腳根本不言自明，比話語還清楚地訴說著她曾經到過我家客廳。**

接下來慶生會將隨著蛋糕登場迎向高潮，插上蠟燭之後，大日向會拿出帶來的打火機點上火。

我想千反田應該是考慮到了這個步驟。如果點上蠟燭，為了氣氛要好當然得關燈。她是因爲考慮到這一點嗎？

所以才把招財貓留在茶几上。

菸灰缸、文庫本和電視遙控器都被收到矮櫃上去了，**唯獨招財貓留在茶几上，而只有知情的人會這麼做，因為那個人知道招財貓內裝有發射紅外線的發射器，那正是用來控制客廳照明的遙控器**。換句話說，留下招財貓沒收走，明顯地指出**他們四人當中有人來過我家。**

實際上，那次千反田來我家客廳的時候，因爲太暗，我按下招財貓的手打開了客廳的照明，千反田當然不可能忘了這件事。

如果點上蠟燭後，眞用那個招財貓關掉客廳照明，伊原或大日向恐怕會這麼說吧：

「咦？那個招財貓居然是電燈的遙控器耶，難怪我一直在想爲什麼要擺在茶几上不收走。不對，等等，爲什麼有人知道那個是電燈的遙控器？這麼說來，千反田愛瑠，妳曾經來過這裡，進了人家客廳，而且還看到人家用這個招財貓開關電燈，是吧！」

千反田，妳當初跟他們一行人找路來我家的時候既然沒吭聲，爲什麼不把招財貓移到矮櫃上去呢？

不過我不打算在此刻責怪她，因爲等一下就要點蠟燭了，也就是招財貓上場的時刻，要是千反田因爲受到我的指責而做出什麼更難解釋的舉動就不妙了。想到這一點的同時，我發現剛才自己的解釋是「不知怎地就錯過講的時機」，眞是蠢得可以，明明又不是做了什麼虧心事。

想到這我不禁笑了出來，千反田看到了，問我：

「怎麼了嗎？」

「沒什麼……」我正想說「沒事」，突然想到一點，「說不定啊，大日向壓根不相信妳剛才的說法哦。」

「咦？」

我回頭看她，努力擺出壞心眼的笑容，但看不到自己的表情，不知道演得好不好。

「妳說我家住址是『向惣多問來的』，很沒說服力啊。」

苦著臉的千反田試著對我露出微笑。

這時，笛音壺發出高亢的笛聲。

3 現在位置：6.9km處。剩餘距離：13.1km

這段路幾乎毫無起伏而筆直朝前方延伸，遙遠的彼方則有一座小山丘。我因爲事前就掌握了賽道全程，所以曉得等一下即將爬上那座小丘。我看著眼前彷彿無止境延伸的平路，不禁頓失跑步的意願。

方才的下坡路段，我的腦袋幾乎是放空的，因爲我打算下完坡之後再邊走邊仔細回想，但實際踏上平路才發現還是有障礙。因爲直線道路視野遼闊，我的前後全是跑步的神山高中學生，要是唯獨我一人慢吞吞地散步，一眼就會被看出來，於是我忍著丟臉放慢速度，在腦袋能夠運轉的限度裡，盡量裝出認眞跑步的樣子隱人耳目。

只不過託視野遼闊的福，我很快便看到前方停著一輛熟悉的越野腳踏車。好像有跑者出了狀況，總務委員會副委員長福部里志正站在路邊處理。

我夾緊腋下，跨大步幅地跑了起來，想趕在里志跳上腳踏車前跟他聊兩句。

在前方的路肩，里志好像已經把狀況處理得告一段落，正和另一名總務委員相視而笑，而我離他還有幾十公尺。見他跨上腳踏車，我還在擔心可能趕不上了，然而他一回頭看到了我，似乎也不急著離開，一逕留在原地等我。

「喲，奉太郎，雖然本來就知道你今天會慢慢跑完全程，也太慢了吧。」

我在里志身旁停下腳步，大大地深呼吸了兩、三次，接著等一旁的總務委員離開後，我開口了：

「我以爲你在更後段的地方呢。」

牽著越野腳踏車的里志聳了聳肩說：

「我要是認眞起來騎，現在早就到終點嘍。」

「你速度有那麼快？」

「沒有，抱歉，小虛榮了一下。應該會騎到陣出一帶吧。」

感覺還是有點虛榮，但我決定不戳破。里志回頭看了一眼，輕輕嘆了口氣。

「雖然我也不覺得今天的大賽會一路平安無事落幕啦……」

「出了什麼意外嗎？」

「廣義來說，算是意外吧。有個人說腳痛沒辦法跑，我們找了醫生來看，已經把他撿走了。」接著里志偏起頭，壓低聲音說：「可是從外表根本看不出來吧？誰知道他是不是眞的腳痛。」

我有些意外。半開玩笑地說道：

「怎麼？別跟我說你其實暗自期待全校學生都會老老實實、不耍手段地跑完全程哦。」

里志一聽，難得挑眉微惱地說：

「我是那種人嗎？」

「別講得這麼理直氣壯。」

「要是有人躲過總務委員的視線偷偷跑捷徑，我才想拍手叫好呢。可是剛才那個傢伙，擺明就是『被我順利逃掉了』的態度嬉皮笑臉的，然後醫生的車子一到，就露出一副痛得走不動的模樣。可能他是眞的有點腳痛，但就演技來說實在太憋腳了，很想叫他要演就演得敬業一點嘛。」

神山高中全校共有一千多名學生，看來今天大賽的插曲恐怕不止這一件，只能叫里志敬請期待了。

里志瞥了手表一眼。

「說老實話，進度比預計要落後太多，我得出發去下一個點了，不過奉太郎，你有事要跟我說嗎？」

我已經整理好等一下要問千反田的問題了，不過在這兒遇到里志是我運氣好，他在很多方面的知識都遠遠多於我，就算派不上用場，我也希望有第三者的觀點幫忙檢視我的推論。

我想對里志說的事……嗯，想問的事有兩件。

「呃，我只是打比方哦，你聽聽看。」

「哇，開場白耶。好啊，請說。」

我邊走邊在腦中理出適當的語彙。對了，比方說——

「假使我跟你說：『我朋友說，總務委員可以不用跑星之谷盃，實在太不公平了。』你聽了做何感想？」

里志筆直地盯著我瞧，接著露出平日不曾見過的認眞神情回道：

「好意外，沒想到奉太郎你會這麼想。」

「我明白你的委員會職責所在，只是一時想不到其他的例子。」

「我當然知道你明白，我們現在不是在打比方嗎？」

可能是因爲我沒吭聲，里志以爲我問完了，跨上越野腳踏車，配合我的步行速度緩緩踩著踏板，繼續說：「我話說在前頭，奉太郎，我還滿喜歡大日向那種女生的哦。不是因爲怕摩耶花聽見我才私下跟你這麼說的。」

「我知道。」

里志說完想交代的話，旋即用力踩下踏板往前騎去。

我對著他的背影喊道：

「里志！」

「嗯？」里志煞了車回過頭，「還有事嗎？」

「呃……」我支吾了起來。

我還有一件事想問里志，卻很猶豫。

不過也不能一直拖著忙碌的里志，於是我嘆了口氣之後開口了：

「問你一個日語的問題。我們說某人外表看上去宛如菩薩，意思是內心怎麼樣？」

里志一聽，兀自嘀咕了什麼，我聽不太清楚，大概是「怎麼跟摩耶花和我說的不一樣」，但其實不能責怪伊原，我想她並沒有義務把大日向所說的話一字不差地轉述給里志聽。

里志果然曉得這個日語說法，比起只有模糊印象的我，他的正確度要高得多了。

「若說外表宛如菩薩，等於是說內心宛如……夜叉（註）了。」

註：夜叉原本是印度神話裡的神族，本義「以鬼為食的神」，傳至佛教後，創造出許多以夜叉為原型的神佛，當中著名的包括鬼子母神。鬼子母神乃是保護幼兒和保佑安產的神，原是鬼神之妻，生了五百個子女，她是個極其邪惡殘忍的夜叉，專以他人的幼兒為食。佛陀為了懲戒她，故意把她的一個孩子藏起來，鬼子母神痛失一子，哀嘆不已。佛陀告誡她，不過是五百個孩子當中的一個，妳就悲哀至此，那些被你吃掉了孩子的父母又如何呢？鬼子母登時醒悟，從此成為善神。其神像大多左手抱嬰兒，右手持石榴，傳說是因為石榴的酸味與幼兒的肉味相近，而佛陀曾告訴鬼子母神，想吃幼兒的時候，就吃石榴吧。

接著里志半開玩笑地補了一句：

「不過就我所見，我不確定千反田同學愛不愛吃石榴哦。」

三

貴店感覺非常好

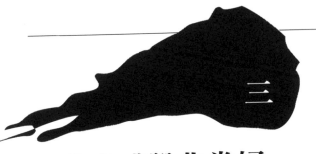

1 現在位置：8.0 km處。剩餘距離：12.0 km

何者為是、何者為非的判斷，是透過教育與經驗在後天學起；而善惡的區別則是透過揚善抑惡而習得。相較之下，人們對於事物的好惡並非向誰學來，有一說是與生俱來，也就是稍微偏向宿命論的說法，譬如早在嬰兒時期便注定將來長大會討厭起司之類的，換句話說，人的好惡可說是伴隨著成長、逐漸在自己體內湧上的內在衝動，於是人們最終肯定不得不去思考一個問題——究竟對自己而言，什麼才是最重要的。

某個下雨的日子，在放學回家路上，我向里志說起了這個話題。里志一聽，露出揶揄的笑容說道：

「幾乎沒有好惡可言的奉太郎居然說出什麼內在衝動，能信嗎——如果是摩耶花一定會這麼說喲，我是不會把話講得這麼絕就是了。」

「如果是伊原，她應該會說：『如果是阿福一定會這麼說喲，我是不會把話講得這麼絕就是了。』」

「不不，摩耶花不是這種說話方式，她會直接挑明了講，而且用詞相當尖銳。」

完全如你所說，是我不察。

和里志一道回家的路上，我們倆大多是邊走邊聊這類沒營養的話題，也曾聊過「關於世界的未來」等等更加無謂的事，但偶爾一、兩次會聊到「B5還是A4尺寸的筆記本用起來比較順手」之類實用的話題，只不過這一天很難得的是，我們倆身旁還多了一個聽眾──大日向。

這場雨不大不小，窸窸窣窣地持續下著，我們走在拱頂商店街裡，傘是收著的。大日向拿著傘的手背在身後，以不適合她那中性外表的可愛舉止探頭看向我，笑著問道：

「伊原學姊講話那麼毒哦？」

我們和大日向當然不是約好一起回家，只是走出校門時偶然間對到眼，她苦笑著說：「還沒交到朋友呢。」我們三人就很自然地一道踏上歸途，而且不愧是同一所中學出身，回家的方向也幾乎同路。

對於大日向的疑問，我想也不想便回道：

「很毒。」

但里志卻偏起頭說：

「她不是對誰都這麼毒哦，事實上我就沒見過她對千反田同學講一句重話。」

也對，我有時甚至會覺得這差別待遇真是太沒天理了。

大日向彷彿嗅到什麼內情似地壓低聲音說：

「那莫非是千反田學姊人面廣，知道了很多人的祕密嗎？」

「啥？妳的意思是，千反田同學手中握有摩耶花的弱點，所以摩耶花不敢凶她？」

里志邊笑邊搖頭，一副就是覺得這猜測離譜到他根本懶得解釋。不過大日向的情緒切換也很快，旋即露出笑臉說：

「我倒是明白了一點，那就是——折木學長是覺得任何東西都不重要的人哦。」

「喂。」

「福部學長呢？對你而言最重要的是什麼？」

我難得不節能地出聲抗議，卻沒能傳進大日向的耳中。里志則是聳了聳肩，爽快地回道：

「活得像自己吧。」

「什麼!?」大日向很傻眼，而里志則是立刻回了一槍：

「別光問別人，那妳自己呢？」

「我？」大日向調皮地露出微笑，「身爲女生，這個問題肯定要回答『愛情』嘍。」

面對口中吐出「愛情」兩字的學妹，我有種親眼看到無尾熊的感覺；大家都曉得無尾熊長什麼模樣，卻少有機會親眼見到。

「什麼!?」里志宛如方才的大日向，顯然對這回答很傻眼，但還是禮貌上關心一下：

「所以妳有對象嗎？」

大日向不知怎的，似乎有點開心被問到這個問題，只見她搖了搖頭說：

「現在沒有，所以啊，嗯，現在對我而言最重要的是……」說到這，她忽地幽幽垂眼望向腳邊，卻是聲音開朗地回道：「……朋友。」

我很能理解里志爲什麼會傻眼地回了句：「什麼!?」即使這不是多熱血的話題，里志還是期待著聽到稍微認眞一點的回答，而大日向所回的「愛情」雖然沒什麼不好，卻太一般了。

另一方面，我也很能理解大日向的反應爲什麼只有一句：「什麼!?」她雖然才剛升上高中，但從現役高中生口中聽到「最重要的是活得像自己」的論調，當然不可能心生任何感動或認同。

不過，我多多少少明白里志爲什麼會覺得這一點對他而言最重要。福部里志平常總是一副遊戲人間的態度，內心卻是以他自己的方式認眞思考著許多複雜的問題，且不斷地努力改正、提升自己。我有時甚至覺得和他比起來，我才是那個沒神經的樂天傢伙。里志的這個回答，乍聽平凡無奇，其實包含了他堅毅的決心。

我試著仔細分析這一起放學路上發生的插曲。

大日向說，對她而言最重要的是愛情，但目前沒有對象，所以現階段最重要的是朋友。這回答本身的確一點也不有趣，但是一如里志的回答是出於他自己的決心與考量，正確的推論應該是，大日向的回答也是出於她自己的決心與考量，否則光是出於憧憬愛情，會說出那樣的回答嗎？我想應該不會。

再者，爲什麼大日向說到「愛情」時是笑著的，但說到「朋友」時卻是低頭垂眼？

我當時察覺她的舉止有異，卻沒深入思考那代表了什麼。

至於里志，我之所以認爲自己多少明白他的心思，是因爲發生過一起事件。去年冬天，在一場小意外與迂迴糾結的混亂之後，雖然只有短短數分鐘的時間，里志曾經對我開誠布公說出心底話。

相形之下，我與這位學妹大日向並沒有類似的相處歷史，畢竟她入學還不到兩個月。這麼說來，我有辦法理解她的內心嗎？

自己活該當初不曾用心去理解身邊的人們，現在卻試圖邊跑邊思考得出個結論，這就像是上課不專心聽，考試臨頭才趕忙跑去買參考書一樣，也可說是臨陣才磨槍。但不管怎樣，雖然一點也不節能，眼下這是唯一的方法了。

外表宛如菩薩，內心宛如夜叉。夜叉，也就是鬼。

之所以出現這句奇妙的評語，有三個可能。

一是伊原記錯了，大日向說的壓根是另一回事。不過這推測太一廂情願，到底要怎麼聽人家講話、怎麼誤會，才會記成「是個看上去宛如菩薩的人」呢？

第二個可能是，大日向的確這麼說過，但她只是純粹覺得千反田宛如菩薩，沒有言外之意。但這推測也很牽強，我就沒聽過以「那個人宛如菩薩」來稱讚別人的例子，雖然不能說世上完全沒有習慣以這種語感有點怪的讚詞來稱讚他人的人，但至少我和大日向至今也講過幾次話，就我所認識的她，不會這麼說話。

這麼一來，果然還是第三個可能最合理了——大日向此話是拐彎抹角說千反田宛如夜叉。雖然這種語感也不太平常，背後理由卻可理解。大日向應該是顧慮到伊原對自己的照顧，要當著伊原的面講千反田的壞話總不好太直接，而且大日向應該也沒期待伊原聽懂她的弦外之音。

不過這個推測，有一點值得商榷，那就是大日向是否曉得「外表宛如菩薩，內心宛如夜叉」這句不算正面的諺語。不過里志曉得這種說法，我也隱約有印象，贏新祭上大日向自己也曾說「古文好像很難，但我很喜歡國文」，再加上我的慶生會時，她一下便聽出我的玩笑話是出自荻原朔太郎的詩，總結看來，她的國文程度應該相當高。

可是，我還是無法全盤接受這個推測。

因爲我很難想像千反田和大日向會處不好。

無庸置疑的是，關鍵事件發生在昨天放學後。不過要說至今我從未嗅到她們倆之間任何可疑的氣味也不盡然。印象中，在大日向身上，令我百思不得其解的插曲，也是發生在星期六。

我一味地低著頭跑，似乎有點跑得太快了，但出汗的程度還不算嚴重。

我終於來到了上坡路段，眼看跑者們拉出的長長人龍，我有種想獨自跑步的心情。

2 過去：十三天前

大日向的請託來得非常突然，但她肯定早就在等待適當的時機說出口。

那週的星期五，我沒打算去社辦殺時間，因爲錢包空空，中午只吃了奶油卷麵包和盒裝牛奶充飢。到了放學時間，肚子開始餓了，加上我平常就不太吃零食，一下課只想趕快回家找東西吃。

然而當我朝一樓正面出入口移動時，一群不知什麼來頭的女學生擠在走廊上，我顯然只能慢慢鑽過去，但又懶得撥開人群，於是一個轉身踏出步子，回過神時發現已走在連接通道上，既然都走到這兒，索性去社辦露個臉好了。於是我朝地科教室走去。

以肚子餓的程度來看，我這個抉擇是正確的。一踏進社辦，就發現三個女生全站著圍著一張課桌——千反田、伊原、大日向，三人同時看向我。開口的是伊原：

「你是打算分一杯羹才出現的吧？」

「什麼羹？」

大日向像要緩和氣氛似地回道：

「我們正要開點心來吃。」

天助我也。我毫不掩飾內心的慾望說道：

「在下餓到快昏了，請好心分我一點吃吧。」

伊原嘀咕著：「講話這麼老實一定有鬼。」我當作沒聽到，加入了她們。

點心是盒裝洋芋片，我看盒子上印著「薩摩脆片」，所以不是馬鈴薯而是蕃薯（註1）了。這不是大伙兒第一次在放學後於地科教室裡開點心來吃，之前千反田就不時拿她家裡收到吃不完的中元節或年節禮盒來請大家吃，不過這次的洋芋片顯然不太一樣。

「這是誰帶來的？」

「是我。」大日向微微舉起手，「怎麼？我帶來的洋芋片就吞不下去嗎？」

爲什麼會這麼想？

「不管黑貓白貓，能給我點心吃的就是好貓。」

大日向一愣。「那是……周恩來？」

「李登輝吧。」我說。

伊原插了嘴：「不是蔣介石嗎？」

聽著我們的對話，千反田露出有點僵硬的微笑說：「呃，我想是胡志明哦。」

我努力裝傻帶過了這個話題，是我不該提起。附帶一提，我先前是真的忘了，但聊著聊著終於想了起來——是鄧小平說的（註2）。

「總之先坐下來吧。」

好建議。我搬了椅子過去，大日向則是拿出口袋裡的手機放到桌上才就座，應該是口袋裡有手機的話不方便坐下吧。

盒蓋打開，我開動嘍。

這款脆片是厚片，想像中是脆脆的口感，實際吃起來卻是酥酥的，有著淡淡的甜味。

「滲入五臟六腑了啊！」

註1：日本的蕃薯叫做「薩摩芋」。

註2：一九六一年，鄧小平提出白貓黑貓論，原文為：「不管白貓黑貓，能抓到老鼠就是好貓」，意指無論計畫經濟或是市場經濟，都只是一種資源配置手段，與政治制度無關；資本主義可以有計畫，社會主義也可以有市場，只要能夠發展生產力，都可在實踐中使用。

子。

大日向一聽，噗哧笑了出來。

「怎麼講那種剛洗完澡喝著酒的歐吉桑會講的話。」

我很想問她是否真的親眼見過剛洗完澡喝著酒，且感動地說滲入五臟六腑的中年男子。

「啊，好吃！」伊原不由得讚歎。

大日向聽到，嘻嘻一笑道：

「那就好，我家人也很喜歡這個口味哦，我請他們幫我寄來的。」

「是哦？從哪裡寄？」伊原問。

千反田看了看盒蓋說：「這裡寫著『鹿兒島名點』，廠商叫『ＪＡ鹿兒島』……現在不是產季，不過產品確實相當美味，原來也有這種販售手法啊。」

她那瞇細了的雙眼透出銳利的目光，簡直像在盯著競爭廠商看。我不清楚千反田家有沒有販售蕃薯，說不定此刻的她正把「ＪＡ鹿兒島」當成了假想敵。

「所以是從鹿兒島寄來的？妳有親戚住在那兒嗎？」

我本來覺得很不可思議，大日向為什麼會知道鹿兒島的名產點心，不過若是有親戚住那兒就解釋得通了。但大日向卻搖著頭說：

「不是啦不是啦，是我之前去聽演唱會的時候發現的好東西。」

「演唱會？在鹿兒島辦？」

「呃……」大日向顯得有些難以啓齒，「在福岡。福岡的名產店裡在賣這款脆片。」

鹿兒島的名點在福岡販售，眞是教人搞不清楚什麼才叫當地名產，不過千反田應該很羨慕對方販售通路這麼廣吧。伊原接連把脆片放進口中，一邊說：

「妳說在福岡辦的演唱會，是誰的啊？」

大日向閉起單眼，食指湊上嘴脣說：

「……祕密。」

「哎喲！」

就算她去聽的是歌頌惡魔的歌手的演唱會，我也不會對她心生偏見。嗯，不過既然當事人不想說，我也不會堅持問個水落石出。

「福岡還眞遠耶，那個歌手的演唱會只在那邊辦嗎？」

「沒有啊，是全國巡迴演唱會，我就跟著去了，雖然沒辦法聽到每一場……」

「全國？」千反田驚訝地問道：「從北海道到沖繩嗎？」

大日向有些遲疑地回道：

「呃，是從仙台到福岡。」接著不甘心地說：「最壓軸的東京公演我居然沒弄到票。」

我平常也多少聽一點音樂，卻不會讓我有動力跟著心儀的樂團跑全國聽巡迴，我不由得對大日向心生佩服。

「好有毅力哦。」

大日向一聽，不知怎的神情微微一變。

「我朋友說，『愛就是毫無保留地付出。』」

「這樣還買得到那個歌手的CD嗎？」

大日向偏起頭苦笑：

「聽說最新的這張專輯只剩一點點存貨了。」

聊著天的同時，我們四人的手仍不斷地伸向薩摩脆片，微量的甜味搭配絕妙的口感，教人忍不住一片接一片。吃著聊著之間，我也不覺得餓了。

不知不覺盒子裡只剩最後一片了，我和伊原同時伸出的手穩穩停在那片脆片的上空，兩人擺出這種手勢，原本應該是非常浪漫的畫面，但我和伊原相交的視線裡毫無火熱情意，唯有冷冷的敵意竄流。

「看來大家都很中意這點心，眞是太好了。」

我和伊原沒理會大日向喜孜孜的發言，兩人同時縮回了手。我心想她是要讓我吧，再度伸出手，沒想到伊原也是一樣的心思，兩人再度對上。眞是的，我又沒有硬要搶到最後一片……

令人窒息的沉默。停在空中的手伸也不是縮也不是，我也不想探看伊原此時臉上是什麼表情。察覺氣氛尷尬的千反田戰戰兢兢地說，「呃，我說……」就在此時，救贖的聲響響起，地科教室的門拉了開來。

四人同時望向門口，那兒站著的是帶著一臉無憂無慮的笑容、彷彿隨時會哼起歌的里志。伊原開口了：

「你是打算分一杯羹才出現的吧？」

當然，里志聽得一頭霧水，驚訝地問：

「什麼羹？」

大日向像要緩和氣氛似地回道：

「我們正要收拾吃完的點心盒。」

如此這般，古籍研究社的全體社員很湊巧地到齊了。等最後那一片薩摩脆片進了里志的肚子裡之後，大日向看向大家說道：

「好啦，學長學姊都吃了我帶來的點心嘍，那麼我有件事想請各位幫個忙。」

我這才發現點心是賄賂，但爲時已晚。就這樣，我們被薩摩脆片給收買，敲定隔天星期六陪大日向去一個地方。

由於天氣預報說可能會下雨，我擔心了好久，幸好出門時雲還是白色的，應該還沒那麼快下，只不過不確定回家會是幾點，預防萬一我還是把摺疊傘放進了托特包裡。雖然我平常大多是兩手空空、錢包塞進口袋就出門了。

我們約在鏑矢中學正門口碰頭，是大家都曉得的地點。操場上看得到足球社、田徑社還有網球社的學生在練習，我大致巡了一圈，沒發現認識的臉孔。

約定時間是三點，本來以爲只有里志會搞遲到這招，我猜錯了，兩點五十五分我和里志、伊原、大日向就全到齊了。我有點意外伊原居然穿裙裝，雖然是牛仔裙；而由於季節正由春轉夏，大日向穿了短袖T恤現身。

「今天很謝謝大家，答應我這有點奇怪的要求。」

大日向嘴上道著歉，臉上卻寫著欣喜，而伊原和里志也顯得很開心。

「難得有這種機會，很期待呢。」

「哇，這樣我也有點興奮了，不過不要期待太高哦。」

看著他們三人相視而笑，我倒是沒說什麼，但其實我心裡對此行還滿期待的。

「就在附近，我帶路。」

大日向率先踏出步子。

我們的目的地是一家還沒開店的咖啡店——不是還沒到營業時間，而是還沒開張。

「妳說老闆是妳叔叔？」里志問。

大日向回過頭露出苦笑：「我不是行前說明過了嗎？是我表哥，雖然大我很多歲。」

我也一直以爲是叔叔。別再搞混了，是人家表哥。

總之根據昨天大日向的說明，她的親戚開了一家咖啡店，希望她在開張前去試吃一下給點評語。如里志所說，能夠造訪開張前的店面確實是難得的機會，而且聽大日向說我們等於是第一批試吃的客人，更是榮幸。

要是千反田也在場，此刻應該是展現她強大好奇心的好機會，可惜她不在。聽說她有事推不開，也無法確定何時能夠抽身，昨天放學她還遺憾不已說：「我眞的好想去……可是要是傍晚才趕過去又太晚了哦？」

就我個人而言，還頗期待附近有新咖啡店開張的，因爲自從前陣子我不時會去坐坐的咖啡店「鳳梨三明治」搬家之後，這一帶就沒有適合高中生單獨進去的咖啡店了。如果大日向親戚的店能讓人自在且毫無顧慮地踏進大門，對我也是個好消息。

「對了，店名叫什麼？」我邊走邊問。

但大日向和伊原不知在聊什麼，好像沒聽到。算了，等一下就曉得了。

於是我和里志並肩走著。

而我心裡在想的事，由里志說了出口：

「不覺得這一帶很令人懷念嗎？」

「是啊。」

這條路是我們中學時代的上下學必經之路。從前我和里志雖然不像現在時常一道放學回家，但當年我被同學推出去擔任學校保健委員，有時會晚一點離校，偶爾就會遇上里志而一起回家。現在上了高中，像今天一身便服地走在這條路上，不知怎地總覺得有點愧疚。

「好像幹了什麼壞事似的。」我說。

里志意味深長地點了點頭：「是啊，有種罪惡感呢。」

我們在這兒念了三年的中學，說實在話，對那時候的我們而言，這裡就等於全世界。無論好事、壞事、人際關係，全都在這兒畫下句點；明明是那麼熟悉的鏑矢中學，此刻卻不可思議地生疏起來。畢業之後，或許就不該再接近母校，我甚至有種厚臉皮闖進別人領域的感覺。

「話說回來，我們上了中學之後也很少回小學附近啊。」

「是因為沒穿制服的關係嗎？」這當然是開玩笑，而里志苦笑回道：

「你要挖出中學制服穿來試試看嗎？」

我不相信那麼做就能再度融入此處。無論再做任何嘗試，鏑矢中學已經不是我們的歸屬之地了。若怎麼都想回去，恐怕只有當上教職員重回母校服務一途。

不知是否我多心，我們加快腳步離開了鏑矢中學這一帶。再也聽不到操場上的喧鬧時，大日向停下了腳步。

「就是這裡。」

這家店夾在蕎麥麵店和民家之間，面朝車輛川流不息的大馬路。建築物本體不是新蓋的，從鐵皮屋頂油漆的褪色程度便看得出房子已有相當年份，不過撇開這一點不看，店門玻璃一塵不染，門把也擦得晶亮，

「嗯，感覺很不錯嘛。」伊原望著奶油色外牆說道。

我則是看向窗戶。一家店能否讓人自在地踏進店門，窗戶是關鍵。如果店內沒有窗戶或是窗戶很小，待在裡面雖然有種躲進祕密基地的自在與安全感，人在門口時卻需要點勇氣才走得進去；反之要是窗戶很大一扇，缺點不言而喻——待在店裡會忍不住在意起往來路人的視線，很難靜下心來。這家店的窗戶完全過關，大小適中的外凸窗，不會給人壓迫感，窗檯擺有小小的盆花做裝飾，綻放的紅色花朵很常見，但我不曉得名字。剛好里志看

向我，於是我試著問他：

「里志，那是什麼？」

「花呀。」

居然只回我這句，瞧不起人嗎？我輕瞪了他一眼，他縮起肩說：

「我不熟植物嘛，你問千反田同學的話，應該有答案哦。」

「啊！我忘了！」伊原突然高聲說道，接著從口袋拿出手機，「你提到小千的名字我才想起來，她說她那邊可能可以早點結束呢。」伊原邊說邊操作手機，「她說如果能過來的話會打電話給我。」

「是哦？很希望她能趕過來呢。」大日向低喃之後，抓住門把說：「總之我們先進去吧。」

推開玻璃店門，沒聽到什麼特別的聲響，看來門上沒加裝鈴鐺。

一踏進門內，我不由得心頭一凜。不是因爲裝潢很糟，而是建材木料的氣味混合某種藥品的氣味，加上剛磨好的咖啡豆氣味，全攪在一起撲鼻而來，嗆得我幾乎無法呼吸。這應該算是惡臭了吧？這樣眞的能開店嗎？不過也沒辦法，畢竟才剛重新裝潢，只要趕在開幕前設法讓新鮮空氣流通進來，應該還有救。我在心中嘀咕著，放輕了呼吸。

「噢，來啦。歡迎光臨。」

有人出聲了，我直到此時才發現吧檯內有名男子在。

雖說是親戚，男子和大日向卻長得不太像，不過血緣就是這麼回事吧，我也覺得我姊姊跟我長得一點也不像。男子給人存在感很低的印象，聲音又小，和他人一對上眼就害羞地移開視線，不禁令人擔心這樣能開咖啡店嗎？不過「鳳梨三明治」的老闆也不是多親切的人就是了，而且仔細想想，男子是看在表妹的面子上才讓我們幾個進店裡來嘗鮮，說不定其實不太歡迎非主要客層的高中生消費者。

「店裡感覺很明亮呢，我喜歡。」

伊原張望著同樣採用奶油色調的店內裝潢說道；里志則是望著牆上掛的畫，喃喃自語說：「啊，羅特列克（註）耶。」我也趁這時間環顧著四下。

吧檯座位共七席，咖啡桌共四張，桌面雖大，只可惜是圓桌，圓桌總讓我有種不管桌上擺什麼東西都會掉下去的感覺。

吧檯內，老闆身後的牆上掛著一個浮雕裝飾，長長扁扁的心形以藤蔓花紋圍起。說不定這浮雕的造形不是紅心而是蕪菁的球根，心形內側還有兩隻兔子面對面。老闆雖然給人感覺不甚親切，身後的浮雕倒是相當可愛。

「我音樂還沒放，感覺有點冷清哦。嗯，你們先找位子坐吧，別拘束。」老闆講得很小聲，幾乎聽不清楚。

他這麼說就表示開店之後，店裡會固定播放廣播之類的音樂，可是我比較喜歡安安靜靜的……總覺得自己好像開始在挑人家的毛病，住家附近開了新店，應該要坦率地感到高興才是。

「看來都弄得差不多了嘛，最後再加把勁吧！」

大日向對店老闆說道，那是在學校時從未聽過的親暱語氣。親戚之間的親疏關係，其實很不一定，有幾乎形同外人的手足，也有從小一塊兒玩到大的表親。這兩人雖然年紀相差懸殊，但感覺得出大日向和這位表哥非常親。只見她伸長了背脊探頭看向廚房深處，說道：

「今天ＡＹＵＭＩ不在嗎？我們來剛好可以練一下呀。」

相較於大日向的興奮，老闆在聽她說話時幾乎面無表情。與其說是冷淡，可能這人原本就是這個性。

「ＡＹＵＭＩ去區公所趕辦一些手續，下次有機會再說吧。」

「得趕快上手才行呀，你要是在客人面前不小心喊ＡＹＵＭＩ『小ＢＵ』還得了。」

我們來店裡可以讓他們練習，表示這位ＡＹＵＭＩ應該是負責外場接待，那麼就是老闆的妻子，或者至少是女朋友，因爲一般不可能把去區公所辦理的手續交代給僱來店裡幫忙的服務生。

大日向回頭看向我們，一副接待客人的語氣問道：

註：羅特列克（Henri de Toulouse-Lautrec，一八六四—一九〇一），十九世紀法國後印象派畫家，為近代海報設計與石版畫藝術的先驅，人稱「蒙馬特之魂」。作品受到日本浮世繪影響，開拓出新的繪畫寫實技巧，尤其擅長人物畫，對象多為巴黎蒙馬特一帶的舞者、女伶、妓女等中下階層人物，深具針砭現實的意涵。

「如何？坐桌席嗎？還是吧檯？」

里志再次環視店內後回道：

「桌席都是四個座位的，現在人數是剛好，可是之後千反田同學可能會來哦。」

「啊，對哦。」

大日向點點頭，率先拉出吧檯椅子坐了上去。於是我們全坐上了吧檯座位，依序是靠吧檯邊上的大日向、伊原、里志，還有我。椅子很高，腳搆不著地面，不過因爲不是可轉動的椅面，坐上去不會覺得不穩，還滿舒適的。伊原撫著全新的吧檯桌面，用一副感慨良多的語氣說出一點也不像會出自她口中的話：

「這還是我第一次坐吧檯座位，有種終於踏上了大人世界的階梯的感覺呢。」

確實有些大人世界的階梯非常低就是了。

老闆一邊把水杯排上吧檯，一邊問大日向：

「店裡還有一點裝潢的氣味哦？工頭說過一陣子就會自然散掉了。」

「不散掉就糟了，剛剛進門的時候，我還在想這氣味該怎麼辦呢。」

果然不止我覺得氣味刺鼻，不過不可思議的是鼻子很快就習慣了氣味，我不知不覺已經沒再在意了。

「好像是壁紙接著劑的關係，眞是傷腦筋。啊，對，菜單也還沒印好。」

「根本什麼都沒弄好嘛！」大日向笑著高聲說道。

老闆終於露出微笑：

「哎喲，一樣一樣來嘍。今天我想先請你們幫忙試喝我們店的特調，可以嗎？」

「如何？」大日向回頭問我們，大家都點了頭。

「那就你說的特調，還有……」大日向又探進吧檯說：「有沒有吃的？」

「特調四杯，是吧？輕食的話，我想推出幾款三明治賣賣看。」

「那也來幾份吧。」

怎麼可能說要吃就變得出來。我忍不住插了嘴：

「人家食材應該還沒準備好啊。」

「……啊，對，還沒進貨嗎？」

老闆輕輕回了聲：「還沒呀。」接著匆匆瞥了我一眼，斂起下巴，應該是向我道謝的意思吧，「不過有司康餅哦，要不要試試？」

我們欣然接受老闆的好意。

看著老闆準備餐點，感覺他似乎在其他店裡累積過經驗，又或者是事前已經練習過吧檯內的動線，舉手投足不疾不徐，一個步驟接著一個步驟從容進行著。

但大日向似乎不這麼認爲。

「我說啊，ＡＹＵＭＩ的肚子會愈來愈大吧？到時候你一個人有辦法撐場嗎？」

這下可以確定ＡＹＵＭＩ是女性了，不過我也是這時才想到，ＡＹＵＭＩ也可以是男生的名字。

老闆排著咖啡碟回道：

「客人不多的話還忙得過來啦，不過，好像不能這麼期待哦。」

「廢話，一定要讓店裡客人大喊：『別擠！別擠！』要人滿爲患才行呀。」

「沒看過生意那麼興隆的咖啡店吧。」

一點兒也沒錯。

「對哦，不然友子妳來幫忙打工好了。」

「打工嗎……」大日向嘆了口氣，「你願意僱我是最好的了，可是我沒打過工啊。」

「打工總有第一次呀。」

「不是那個問題，你也知道，我老爸不讓我打工啊，零用錢還愈來愈少。」

「貸款很重的，你要多體諒爸爸。」

「都怪他沒事買那麼貴的車，連我都被拖累了，然後還不准我自己賺錢，根本是莫名其妙嘛。」

大日向大肆抱怨了一番之後，似乎才驚覺身邊不止表哥，還有學長學姊在場，於是有些不好意思地笑了笑，含糊地說：「哎呀，家家有本難念的經嘍。」

對話暫歇，外頭大馬路傳來汽車駛過的聲響。伊原望向店內某個角落，緩緩地說：

「那個書櫃很棒耶，不會讓人覺得是在百圓商店買來擺的廉價品。」

她沒說的話，我一直沒留意到那有個書櫃。

這座矮書櫃不是三層櫃那種陽春的櫃子。上頭的書全都擺出正面書封，看來這書櫃裝飾性高，收納量卻似乎不大。櫃上的書全是四六判（註），海內外作品都有，交雜著陳列。

「老闆是愛書人嗎？」里志問的不是老闆，而是大日向。

大日向偏起頭，一副你問我我問誰的表情。老闆見狀，伸手示意大日向別開口，自己回道：

「稱不上是愛書人啦，這裡擺的都是我覺得書封設計很漂亮的書。」

「所以這些不是您想推薦給客人看的？」

「嗯，我沒想那麼多。」

也就是說，那座書櫃原則上等於是裝潢的一部分了，但不知怎的，總覺得是老闆的自謙之詞。

另外我看到靠近吧檯邊上還有一座雜誌架，擺出的就只是一般的報章雜誌。里志隨著我的視線看去，也發現了雜誌架。

「啊，有《深層》呢。」里志指著一本週刊。

我也聽過這份週刊，印象中是個定位不上不下的刊物，既非歷史悠久的知名雜誌，也不是以裸照或醜聞做賣點吸引讀者的八卦雜誌。我不明白里志爲什麼會特別在意這份到處都買得到的週刊。

「大日向同學，不好意思，可以麻煩妳拿一下那本給我嗎？」

註：日本書籍常見尺寸，約為127mm×188mm。

「喔，好的。」

坐在吧檯邊上的大日向離雜誌架最近，但因爲架子塞得滿滿的，她伸出另一手壓住其他雜誌才好不容易把《深層》抽了出來。里志拿到雜誌便開始翻閱，伊原問：

「怎麼了？在找什麼報導嗎？」

「嗯，看一下嘍。這種雜誌會登神山市的事，可是很難得的。」

「是哦？他們登了什麼？」

「就那個啊，水壺社事件。」

伊原「哦」了一聲就沒再說什麼了，大日向也絲毫不顯訝異，一股「哦，原來登了水壺社事件呀」的氣氛正流動著，彷彿什麼都不用解釋。

換句話說，只有我沒聽過那起事件。

「那是什麼？」

里志聽我這麼一問，故意誇張地露出難以置信的表情。

「搞什麼啊，奉太郎，你是開玩笑的吧？」

「聽是聽過啊。唔……水壺嘛，就是那個啊，野餐的時候會帶的。」

里志充耳不聞，直接翻開一頁亮到我面前：

「就是這個。」

那是一小篇只占了半頁版面的報導，似乎是國內軼聞之類的專欄，但標題吸引了我的視線，上頭寫著：「總會屋（註）巨頭　賺蠅頭小利竟踢到鐵板」。雖然我自己看報導內容就能知道了，但或許是爲了消磨等咖啡送上來的這段空檔，里志開始說明給我聽。

「神山市裡有一家叫『水壺社』的公司在徵人，然後呢，去應徵的當中幾個人收到了錄用通知，還參加了研修，被告知說四月開始上班之後各將負責哪方面的工作。沒想到到了四月，這幾位新人到公司時，公司的人卻一頭霧水，說根本沒有錄用他們。」

事情怎麼回事，答案再明顯不過。

「等等，讓我講。莫非是這樣?就是這幾個人事先已經付了制服費、資料費等等費用?」

「答對了。或者應該說只有這個答案了吧。」

伊原一臉不耐地對我說：

「新聞一直在播啊，你都沒聽說嗎?我說你啊，眞的有好好地面對整個人類社會嗎?」

不過是沒聽說一起事件，爲什麼要被講得這麼難聽?可是我若如此反駁，伊原的伶牙

註：日文的「総会」即「股東大會」，「総会屋」即是在各企業股東大會上出現的「職業股東」，握有企業衆多股票，具有提案權，通常與黑道組織有密切關聯，他們在股東大會上或是鬧事或是妨礙會議進行，行為嚴重影響一般個人股東参與經營的權利，甚至可左右股東大會的決議，禍亂整個日本金融界。部分經營者寧願選擇私下事先打點或花錢消災，或是請更有勢力的總會屋來撐場。日本於一九八二年修改商法，明文禁止企業對總會屋輸送利益。

俐齒肯定又會從別的角度咬過來，我決定把話吞回去。

「看來是很單純的詐騙，抓到歹徒了嗎？」

「因爲這個詐騙手法勢必有錄用者的名單，也等於留下了線索，聽說警方滿快便逮到人了哦。有意思的是這名歹徒的父親是知名總會屋的頭子，這篇報導就說，既然逮到了這個小嘍囉，說不定能夠一舉揪出幕後的主謀。」

我看很難。

「逮到了小孩就肯定逮得到父母，有這種事嗎？」

里志也是明事理的人，聳了聳肩說：

「所以這篇報導只占了《深層》角落的一塊小篇幅呀。」

原來如此。

里志抽走我手上的《深層》，望著報導說：

「我本來以爲詐騙啊，上當的大多是老人家，看來得修正想法了。如果我去年收到一份通知書說：『恭喜你考上神山高中，請先支付入學金。』我恐怕也會毫不懷疑地上當。」

「啊，我懂。」伊原說：「要是收到同人誌販售會（註）的中獎通知，我可能也不疑有他……」

「同人誌販售會？是跳蚤市場嗎？」我問。

伊原不知爲何沒吭聲。

就在這時，老闆端上了特調咖啡，里志把《深層》遞還給大日向。接下來，我們盡情享受了好一會兒的下午茶時光。

我明白為什麼吧檯牆上會掛著兔子浮雕了，這家店的咖啡杯把手與咖啡匙柄上都裝飾著垂耳兔子的花樣。老闆或那位「ＡＹＵＭＩ」是超級兔子迷，又或者只是因為生肖屬兔而想透過兔子招來好運。

遺憾的是，雖然我自認還滿喜歡喝咖啡的，但我的味覺與嗅覺卻無法辨識一杯特調咖啡的滋味有多美妙，只說得出：「很好喝呢。」這種平凡的評語。但究竟是和什麼相比、又是哪一點尤其美味，我完全想不出來。而老闆似乎也不期待聽到稱讚，我們先後說出口的「好喝」，他只是聽聽就算，接著一副想說「那不重要啦，重點是……」似地問我們：

「司康餅得搭配果醬和生乳酪吃，有幾種口味可選擇。果醬有草莓和柑橘兩種，生乳酪有原味和馬士卡彭兩種，各位想要怎麼搭配呢？」

我們各自挑了想吃的口味，沒想到竟得出最複雜的結果——

我選草莓果醬和原味生乳酪。

註：原文做「即売会」，通常指動漫同人界的參與者（不論個人或同人社團）直接販賣自己創作的同人誌，並與讀者做交流的展覽會。除了書籍，同人創作的遊戲軟體、音樂ＣＤ、歌詞、素描等亦可能在會場販售或發布，會場內亦可能有與動漫畫關係較密切的流行文化之活動，如Cosplay或娃娃擺設等。

里志選柑橘果醬和馬士卡彭生乳酪。

伊原選柑橘果醬和原味生乳酪。

大日向選草莓果醬和馬士卡彭生乳酪。

我們點的品項完美地聚集了四種可能的排列組合。點完餐時，一直很穩重的老闆臉上閃過一絲困惑，並沒有逃過我的眼睛。

果醬、生乳酪，加上一人兩塊司康餅。里志嚴肅地凝視面前的點心，說道：

「奉太郎，我很自負一點，那就是本人對於無謂的知識一向有著相當程度的認識。」

「你不用自己講呀，我幫你說，你對於無謂的知識一向有著相當程度的認識。」

「被別人這麼一講，我更是自信百倍啊。不，那不是重點。我啊，知道正統英式的司康餅吃法哦，果醬First……」

「先塗果醬嗎？」

「不……生乳酪First……」

「哪一個先啦？」

里志沒回答，一逕盯著點心盤看。簡單講就是他只記得有一種要先吃，卻忘了是哪一種。

老闆沒等苦惱的里志擠出答案，爽快地告訴我們答案：

「先塗果醬哦，因爲生乳酪一塗上熱的司康餅就會融掉。不過其實看個人喜好就好啦，沒有硬性規定。」

原來如此，確實有道理。雖然店老闆說依個人喜好即可，但聽了這番理論，反而沒人敢先塗生乳酪了。「那麼我們開動嘍。」就在此時，傳來低沉的聲響，是手機的振動聲。

「啊，是小千打來的。」伊原拿起手機便站起身，直接走出店門。我因爲沒有手機，不清楚手機禮儀。像這種在場都是認識的人的狀況，有電話進來也得馬上離場嗎？那還眞是麻煩的道具。

伊原很快便回來了。

「小千說現在過來。」

「千反田同學知道這個地點嗎？」

「我跟她說沿著鏑矢中學前面的路直走，蕎麥麵店旁邊就是了。雖然沒講店名，我想沒問題吧。」

蕎麥麵店門口的布簾很醒目，應該不用擔心。

接著我們聊了一會天氣。

「聽說傍晚會下雨啊。」我只是無意地說了出口，里志和伊原卻異口同聲地持相反意見。

「那是明天吧？」

「聽說是今天半夜十二點左右才會下哦。」

大日向則是沒表態，嘻嘻笑著說：

「有人看到的天氣預報不是最新的哦。」

這下我也沒把握自己看到的天氣預報是不是最新的消息。不過我如果看了氣象預報，來源應該只有一個。

「我記得我是看今天的晨間新聞報的……」

「我也是看晨間新聞呀。」伊原說。

「我也是哦。」里志說。

二比一。大日向用一副打定主意當旁觀者的態度做出了裁決：

「少數服從多數，判定是折木學長記錯了。」

我沒打算堅持己見，反正到了傍晚他們要是被雨淋溼，自然會淚眼婆娑地反省：「啊啊，原來那時折木奉太郎說的是正確的。」

接著我們四人像是約好了似地先後去了洗手間。最後我回吧檯時，發現千反田已經到了。她正坐在吧檯座位上。距離剛才那通電話還不到十分鐘，動作眞快。我以手帕擦手，同時說著：

「噢，妳來啦。」

千反田似乎很開心地微笑回我：

「嗯，我剛剛已經在附近了。」

由於大日向坐在吧檯邊上的座位，千反田只能坐到我旁邊。先前是考量圓桌都是四人座才坐過來吧檯的，但一旦五人橫向坐成一排，總覺得靜不太下心來，而且我這時才想到店裡沒其他客人，我們只要拖別桌的椅子來湊成五張圍著圓桌坐不就成了。

「那邊還順利嗎？今天是什麼要緊事呀？」伊原問。

「是親戚的喜壽。不過雖說是親戚，卻是我完全不熟的遠親，總之禮貌上得去一趟才行。結果我祝過壽之後，他們的酒宴也開始了，我想說去廚房幫忙只會礙手礙腳，打算要告辭，沒想到……」

「發生什麼事了嗎？」

「嗯，不是什麼大事啦。」千反田的笑容中帶著困惑，「我想借他們的電話一用，沒想到電話突然響了起來，當時附近也沒有他們家的人，我只好先接起電話，可是這一接就麻煩了，對方是一位老婆婆，口音很重，講話又小聲，我完全聽不懂她在說什麼，這下我也不知道是該請別人來接還是該請婆婆留話……光是要聽懂婆婆的名字就花了好長的時間。要不是發生了這件事，我還能更早到的。」

「咦？」出聲的是大日向。由於她和千反田中間夾了三個人，她往吧檯內探出上身問千反田：「學姊妳剛才說了借電話吧？也就是說，之前妳打那通電話來的時候，人還在親戚家裡嘍？那裡收不到訊號嗎？」

「訊號？呃……」

千反田一臉疑惑，顯然是聽不懂大日向的意思。我搶在雙方開始混亂前插了嘴：

「千反田沒有手機。」

「……什麼？」

大日向驚訝成那樣，我不知怎地覺得有些心虛，彷彿自己說了謊似的。大日向的上身又探得更前方。

「咦？那、那個……怎麼辦？像是要聯絡朋友的時候，不是很不方便嗎？沒辦法講到話耶？」

「那部分呀，」千反田露出溫柔的微笑，「總是有辦法解決的哦。」

我也是沒手機一族，但這種時候總會深深感受到社會的壓力。看我和千反田誰會先屈服辦一支手機了。

「學姊，妳說是去祝賀喜壽呀？不愧是千反田學姊，往來都是大人的世界。」

里志以潑冷水的語氣說：「還好吧，這種事頂多一年遇到一次呀。」

「向遠親祝壽什麼的，我可能一輩子也遇不上一次啊……」待在吧檯的最旁邊，大日向幽幽地嘀咕著。

話說回來，喜壽是幾歲的生日呢？只記得和數字「七」有關，確切年齡我就不清楚了。算了，反正不重要。這時千反田和老闆聊了起來。

「這位小姐也來一杯特調如何？還有司康餅哦。」

「眞是抱歉，我沒辦法喝含咖啡因的飲料。但還是很謝謝您邀請我們來，貴店感覺非常好哦。」

對耶，千反田要是喝下含有大量咖啡因的飲料，聽說下場會很慘，是完全睡不著的那種體質。

「謝謝妳的讚美。噢，對耶，」老闆思索了一下，「可能菜單再加一些低咖啡因的飲料會比較好。」

可是千反田算是特例，我想不太適合當參考。

「總之這樣的話，今天可能沒辦法做出妳能喝的飲料了。」

「請別在意我，承蒙您邀請，我還遲到，已經對您很不好意思了。」

於是店老闆只端了一杯水給千反田，但千反田才喝了一口，一臉訝異地抬起頭說：

「這個……不是自來水吧？」她又喝了一口，「是井水，而且不是來自這附近的井，而是在更上游的山麓湧泉取得的中硬水（註）。我說對了嗎？」

老闆不禁露出微笑，非常輕地點了個頭。

「像妳味覺這麼敏銳的人，沒辦法請妳嚐嚐看本店的特調眞是太可惜了。」

我面前也有一杯水，我拿起來再嚐一口。

「原來如此，很好入喉呢。」

「啊，你那杯加了檸檬，不過水本身只是自來水。」

註：礦泉水分軟水與硬水，所謂「硬度」即水中所溶有鈣與鎂含量的數值化，數值越小表示礦物質含量較少、水質較軟。在日本硬度〇～一〇〇的水被分類為軟水，一〇一～一三〇為中硬水、而三〇一以上則被歸類為硬水。硬度為影響水的口味的重要關鍵，軟水質地清爽柔嫩，較好入喉；硬水則較有特色，有時會感覺到一絲苦味與鹹味。

這樣啊。

千反田一手貼著水杯，轉頭張望店內。

「要是我也能喝咖啡就好了。希望貴店的生意能盡快上軌道。」

「謝謝妳。」

「請問貴店的店名是什麼呢？」

理所當然的疑問。

然而大家聽了都是一愣。仔細一想，方才無意間提過好幾次，卻一直沒問出答案。我看向里志，里志看向大日向，大日向再次問老闆：

「是叫什麼啊？」

然而老闆卻吞吞吐吐的：「店名喔……」

大日向追問：「你該不會還沒決定吧？」

「決定是決定了，只不過，」老闆一臉苦澀地看著大日向，「友子聽了一定會取笑我，還是先別公開吧。」

「是會被我取笑的店名嗎？」

老闆偏起頭：

「我自己是覺得取了個好名字啊，一念就曉得這兒是咖啡店。」

老闆的遲疑顯然很奇妙。開張在即，照理說不該隱瞞店名，反而要大肆地宣傳才是。

而這一絲「奇妙」並沒有逃過千反田的眼睛。

「請問……所以貴店外頭沒有掛出招牌，也是不想讓大日向同學看到的關係嗎？」

她這麼一說我才想起，店外的確沒有掛出招牌，有的話我們一定會注意到的。不過就算再怎麼不想被表妹取笑，也不至於為此延遲店面工程進度吧。不出所料，老闆搖頭回道：

「不是的。因爲我挑了比較特殊的字體，廠商那邊需要長一點的時間製作。」

「字體？所以店名是英文嗎？」

「不是，全都是漢字。」

大日向一聽，放聲大笑。

「漢字！那我很可能會取笑你取的店名了，因爲表哥你的漢字sense不是普通的糟啊！」接著她轉向我們，一副很樂的模樣說：「這個人很誇張哦，把『I love you』直接音譯翻成漢字，還用到愛染明王（註1）的『愛』和惡鬼羅刹的『羅』什麼的。」

大概是「愛羅武遊」（註2）之類的吧。先不論這音譯的sense如何，大日向的漢字說明方式相當驚人，伊原也不禁露出不知該笑還是該怎麼反應的複雜表情。

「那是什麼說明法啊？小向妳家裡是開寺廟的嗎？」

註1：愛染明王是佛教密宗的明王之一，全身赤紅、呈暴怒威猛之相貌，除了象徵佛法精進，亦象徵熱情如火、大敬愛如烈日。日本佛教徒一般相信愛染明王可保佑男女的婚姻戀愛和合。

註2：日語發音同「I love you」的外來語念法「アイラブユー」。

一介高一女生口中怎麼會說出什麼「愛染明王」和「惡鬼羅刹」？大日向似乎說出口後，自己也覺得有些不妥，淺褐色的雙頰泛紅。

「我爸是個庸庸碌碌的上班族啦。人家一時之間想不到其他更好的說明嘛！不然學姊妳會怎麼說？」

伊原想也不想便回道：

「愛知縣的愛，羅馬的羅。」

噢，果然不容小覷，我不由得大感佩服。

另一方面，我也清清楚楚聽到老闆悄聲嘀咕著：「比那個要好一點啦。」

千反田笑咪咪地說：

「還不能公開的店名。呵呵，我很好奇。」

妳開心就好。

「漢字啊。」里志一邊盤起胳臂說道：「取了漢字店名的咖啡店，常見的像是『咖啡待夢（註）』之類的？等待的待，夢想的夢。」

「啊，我懂我懂！」大日向點著頭。

老闆也應道：「方向是對的哦。」

類似「待夢」的取名方向就表示是直接音譯翻成漢字。但這是我的解釋，伊原似乎另有看法。

「常見的話……是斜玉旁的『珈琲館』嗎？」

「斜玉旁？那不是王字旁嗎？」我憑著模糊的印象說了出口。

「那是寫做王字的偏旁，叫做斜玉旁。」

被學妹糾正了。大家究竟是在哪裡學到這種知識的？我不由得看向里志，里志帶著一副「我也沒聽過」的表情搖了搖頭。

伊原對於部首的知識或許正確，答案卻是錯的。

「不是那個方向哦。」老闆語帶安慰地說：「不過店名是三個字沒錯。」

「那麼——」里志才剛開口，大日向倏地大大伸掌制止他說下去。

「不行！學長，想清楚再說。」

「不不不，猜得愈多命中率愈高哦。」

然而大日向卻意外地執拗。

「我朋友說，『猜名字的傳統規矩就是最多只能猜三次。』」

是嗎？如果是傳統規矩就沒辦法了。里志偏起頭說：「我是只聽過『限三日之內』啦。」不過看來是規矩，只能請里志放棄了。

「所以了，給提示！給提示！」

面對起著鬨的大日向，老闆一瞬間露出非常溫柔的眼神。雖然單憑這一點就下結論或許太草率，然而我想店老闆可能從大日向小時候起便時常陪她玩這種幼稚的小遊戲，當然

註：「待夢」的日語發音同「time」的外來語發音「タイム」。

老闆不是說什麼都不肯把店名告訴大日向，但他很配合地給了提示。

「提示啊……我想想。嗯，店名就是本店的招牌。」

「招牌？咦？這不是廢話嗎？」

「只剩第三次機會了，慢慢想吧，猜中的話我有獎賞給妳。」

「眞的嗎！」大日向的神情瞬間亮了起來，「好，我一定猜對給你看。等著。」

接著大日向豎起食指叮嚀我們幾個：

「就是這麼回事了，我一定會猜出來的，所以學長學姊你們通通不准開口哦。」

我第一次覺得這個活潑的一年級學妹其實還很小孩子氣。

不過並不是讓人感到不舒服的幼稚脾氣。但眞要說起來，恐怕得承認這不是我喜歡的類型，雖然她還是能讓我的嘴角露出些許笑意

牆上掛著時鐘，上頭也有兔子圖案。不知不覺短針已指向五點，沒想到我們一待就待了這麼久。

因爲大日向一直在想店名，話一下子變少了。我們都已喝完咖啡，老闆也把杯盤收走了。由於我一直相信今天傍晚會下雨，稍早前就開始留意告辭的時間點，加上話題也差不多聊完，此時不撤更待何時。

「那麼，我們差不多該走了吧。」

沒想到大日向對我這句話的反應很大，她抬起臉看向時鐘，一瞬間露出焦急的神色，但旋即恢復平時的笑臉。

「對了！學長學姊，」她開口了，「可以給我一點時間嗎？我有件事想問。」

看來她應該是一直有話想問，卻因爲專注於猜店名而忘了發問。留意到她那一瞬焦急神情的似乎只有我，其他三人可能沒察覺大日向硬將話題拉向她想問的事。

「什麼事呢？」伊原問道。

但大日向的視線卻是朝向千反田，「千反田學姊，妳人面很廣吧？」

「人面……」千反田不禁低喃。

伊原語氣堅定地對千反田說：「小千，放心吧，小向不是那個意思，妳的臉很小的。」

「不是的，我知道。我明明知道，還是嚇了一跳。」千反田撫著胸口說：「唔，我不覺得稱得上人面廣，只是我還滿常像今天這樣，因爲家裡的一些關係必須去見很多人。」

「那，」大日向頓了一下，很不像她平日直率的作風，接著戰戰兢兢地問了：「那比方說，妳認得一位姓阿川的女生嗎？」

「阿川小姐？」千反田微微偏起頭，「妳是說一年A班的阿川佐知同學嗎？」

「啊，對，就是她。」

大日向不知怎地顯得有些畏怯，縮回身子。由於中間夾著里志和伊原，我看不到大日向的表情。

「阿川同學怎麼了嗎？」

「沒什麼……妳認得就好。」

另一方面，坐在我身旁的千反田明顯地露出不可思議的表情。只不過她可能也覺得大日向不太對勁，還是沒說出：「阿川同學怎麼了嗎？我很好奇。」而大日向突然沉默了下來，氣氛變得有點尷尬。

「嗯，那麼各位，」我再次看向大家，探過每一人的神情之後說：「我們差不多該走了吧？」

後來這一攤由老闆請客。人家馬上要開門做生意，我們卻跑來白吃白喝，實在有點說不過去，可是老闆很體貼地不讓我們付錢。他的說法是：「因爲收銀機還沒裝好，等開店以後，你們下次來玩再收錢吧，這樣計算消費稅什麼的比較不麻煩。」

里志、伊原和大日向已經走到店門口附近，收銀檯這邊只剩我和店老闆，還有千反田。

「您這麼熱情招待，我卻沒辦法喝咖啡，眞的很抱歉。」千反田低頭致意。

老闆一聽，對她露出了開朗的笑容。我一直以爲老闆是沒什麼表情的人，看來並非如此，可能只是因爲初次接待客人，即使只是試吃客，還是讓他心情一直緊繃著。

「別這麼說，咖啡這種東西又不是非喝不可。」

「祝福您的……」千反田說到這，突然接不下去，看樣子她是想說出店名，但這依然是個謎，她只好換個說法：「祝福貴店開張大吉，生意興隆。」

接著千反田轉頭看向我，「呃，折木同學，雖然等到店開張就曉得店名了，可是，我……有一點……眞的只有一點……好奇耶。」

她這麼說並不是出於期待我解開方才出現的兩道謎團，但也沒規定非等到哪個時間點才能揭開謎底。我對於大日向不對勁的言行之謎完全沒頭緒；但對於店名之謎，我倒是有個推論。

幸運的是，收銀機旁就擺著便條紙和原子筆。

「這可以借一下嗎？」

「嗯，請。」

「謝謝。我應該不受限於只能猜三次的規矩吧？」我說著往便條紙上寫下了字。

千反田探過頭來看。

「……咦？」

紙上並列著三個漢字。

第一個是「歩」。

接下來是「連」。

最後是「兔」。

這家店的店名必須符合幾項條件——

「會被大日向取笑的店名」。

「一念店名就曉得這兒是咖啡店」。

「類似『咖啡待夢』的取名方式」。

「不是『珈琲館』」。

「共三個字，全是漢字」。

還有最後老闆被逼得說出的提示：「店名就是本店的招牌」。

這家店的「招牌」是什麼呢？物理性的招牌還沒裝設好，那麼就有兩個可能。

一是「招牌女侍」，也就是AYUMI小姐。以三個漢字的確可以拼出她的名字（註1），只不過「AYUMI」無論換成哪三個漢字，都沒辦法讓人一看就曉得這家店是咖啡店。比方我在街角看到一家店名叫「亞由美」，應該會覺得那是一家和身爲高中生的自己八竿子打不著的小酒店。

另一個可能是「招牌商品」。這家的招牌商品，不用說當然是咖啡。老闆似乎沒打算主打輕食，而司康餅或三明治也不可能成爲店名，再加上沒用到「珈琲」兩字，那麼？

「您說過店名就是本店的招牌，對吧？而貴店的招牌商品就是**特調咖啡——『BULENDO』**（註2）了。」

「啊，對耶。」千反田輕呼一聲：「老闆剛才向我介紹菜單時，也不是用『本店的咖啡』。老闆的說法是：『沒辦法請妳嚐嚐看本店的特調眞是太可惜了。』」

我點點頭，看樣子老闆淺意識裡對自家店的特調相當有信心，自負非一般的家常綜合咖啡（House Blend）可比擬。

那麼以漢字來組成「BULENDO」當店名，會是什麼字呢？類似「咖啡侍夢」的取名方式，就表示一如我一開始的推測——是直接音譯翻成漢字。要將「BULENDO」分出三個音節，幾乎可確定是分成「BU」、「LEN」、「DO」，畢竟日語中不存在符合「NDO」發音的字。

我第一個確定的就是可念爲「DO」的「兔」字（註3）。這家店裡，包括咖啡杯、咖啡匙和時鐘上都有**兔子**的裝飾圖案。而且最關鍵的是，老闆身後的牆上就掛有兔子的浮雕，如此大量的兔子，讓我不禁懷疑與店名有關。

接著我猜了「步」字。可念成「BU」又要適合放入店名的漢字並不多，有負面印象的「不」或「侮」當然不列入考慮，「撫」或「憮」則是日文中的少用難字；我也想過會不會是「舞」（註4），但對咖啡店店名而言，這字顯得太華麗。這時我又想到了「AYUMI」。

身懷六甲的AYUMI小姐的名字可寫成單個漢字，大日向先前對老闆說：「你要是在客人面前不小心喊AYUMI『**小BU**』還得了。」所以若名字是「AYUMI」且小名是「小BU」的話，兩個讀音都符合的漢字就是「步」了，我不確定AYUMI小姐的漢字名字是單一個「步」字或是後面還有字（註5），無論如何這個漢字符合了「BU」

註1：日語當中有許多發音同為「AYUMI」的女性名字，如：亞優實、愛由美、步悠美、亞由美等等。

註2：日語的特調咖啡為「blend」的外來語「ブランド」，念作「BULENDO」。

註3：日語「兎」的音讀為「と」（TO），接在「ン」（N）後方轉濁音念為「ど」（DO）。

註4：「不」、「武」、「撫」、「憮」、「舞」在日語中均可念作「ブ」（BU）。

註5：如步美、步弓、步實、步未、步由美等等。

音，易讀且給人印象不差。

最後是「ＬＥＮ」了，這是三個字當中我最沒把握的字。

老闆因爲擔心會被大日向取笑而猶豫著沒告訴她店名。若僅是因爲把代表戀人或妻子的名字「步」字放進店名裡，大日向會取笑老闆嗎？或許會吧，但應該不至於讓老闆如此害臊，那麼讓他害臊不已的就是因爲中間的「ＬＥＮ」字了。

吧檯牆上的心形浮雕裡，有**兩隻**兔子。

與「步」心「連」（註１）心的「兔」。若店名取作「步連兔」，老闆會害臊著說不出口就情有可原了。

看向便條紙的老闆稍微睜大了眼，接著衝著我微微一笑說：

「很不錯呢。」

「有獎賞嗎？」

然而依然面帶微笑的老闆搖了搖頭：

「很可惜，只差一點點。」

猜錯了啊。

我並不訝異，因爲本來就沒有十足的把握。「步」和「兔」應該錯不了，但「連」卻直到最後仍不是很肯定。不出所料，老闆拿起原子筆，把「連」字畫上兩槓。

接著在旁邊寫下了一個字。我一看，心下了然，用這個字的確會很害臊。

鏑矢中學附近即將開張的咖啡店店名叫做「步戀兔」（註２），愛戀著ＡＹＵＭＩ的兔子。原本覺得這位老闆給人感覺不太親切，沒想到骨子裡其實有著無可救藥的浪漫。大日向要是得知店名，肯定會取笑老闆的，而且是放肆地、開朗地張口大笑。

不過千反田卻一臉納悶：

「呃，爲什麼會出現『步』字呢？」

對喔，我們提到「AYUMI」的時候，這傢伙還沒來，不過不好讓里志他們等太久，我簡短地說了句：

「回去路上再跟妳解釋。」

千反田小聲回道：「麻煩你了。」

我看了一眼吧檯好確定沒人忘了東西。吧檯上只見杯盤匙子等物，但在告辭前我無意間發現一件事——雜誌架裡插著的報紙是晚報，我想了想立刻伸出食指和中指夾住晚報，咻地抽了出來。天氣預報欄上頭寫著傍晚開始下雨。我招了招手叫來里志，得意地說：

「看吧，這裡也寫說傍晚會下雨。」

「你還在在意那檔事啊？我都不知道原來奉太郎這麼放不下。」

也不是這麼說，但站在店門口的伊原回過頭來：

註1：日語中「連」可念作「レン」（LEN）。
註2：日語中「戀」也可念作「レン」（LEN）。

「何必看什麼預報？天氣這種東西自然會知道啊。喏，你自己看！」

點點雨滴正打在玻璃門上。

明知道會下雨，卻沒能趕在下雨前回到家，要說傻還眞傻。不過往好處想，這下摺疊傘總算沒有白揹出來了。

3 現在位置：11.5 km處。剩餘距離：8.5 km

仔細回想著那天的事，確實有一點怎麼想都很奇怪——有個東西在我們進店與離店時是不一樣的，我不覺得那是偶然，而是有人刻意動了手腳，就和我不得不處理慶生會上那個招財貓是一樣的狀況。

愈是回想，我內心的推論愈是肯定。不過依舊是模糊的臆測，我還得取得更多的證言。

越過丘頂，前方出現一群小村落。那裡是陣出，千反田的家就在那兒。

我已經算不清自己和千反田之間距離的概算了，因爲我一會步行一會跑步，前進速度完全亂成一團。

不過不知怎的，我總覺得能和千反田講上話的時機點，會是在下完這段坡、進入陣出之後。

四

放開要輕鬆多了

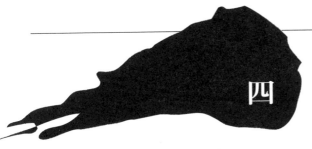

1 現在位置：14.3 km處。剩餘距離：5.7 km

可能是將近十年前的事了，我曾經和姊姊一道步行了相當長的一段距離。那時候聽說舊的民眾活動中心要拆除，姊姊興奮不已：「會不會用爆破的方式拆房子呀？」決定帶著我去看熱鬧，當時我的確也很興奮。但要是時光倒流，我很想站到當年的自己身後，然後輕輕把手放上小男孩的肩頭，溫和地告訴他：「想也知道不可能有那種事呀。」當時我們姊弟倆不停地走，一直走到我想哭的時候，姊姊便鼓勵我：「那景象一定很壯觀哦。」而繼續走下去。多麼令人感動落淚又有毅力的好孩子呀。

拆除作業當然不是用爆破的方式，而是出動了大型怪手。但印象中我沒有因此失望，親眼見識到巨大的建築物華麗且迅速地被拆毀夷平也是相當痛快。

讓我留下深刻印象的是回程的痛苦。去時的亢奮情緒已逝，不知道回家的路的我只是一味跟著姊姊走，連此刻自己身在何處都不曉得。此外肚子又餓，天色也開始變暗，姊姊看著哭喪著臉拖著步子的我說：

「走走停停的話腳會痛哦，好好跟上來。」

結果我已經不記得那一天究竟有沒有靠自己的雙腿走回家了。

會想起這段往事，不用說，是因爲我一下步行一下跑步，忽慢忽快的下場。現在腳開始痛了，精確來說是右腳腳踝一帶隱隱作痛，如果是腳底、小腿或脾臟痛，我還能說服自己反正長跑就是這麼回事，但怎麼會是這個部位在痛呢？

下坡路眼看要結束。

我的頭總是不自覺地低著，現在一抬起頭，映入眼簾的是成片插完秧的遼闊青色水田，以及零星散布其間的宅邸。不知是還沒收拾，還是這帶的端午節也和雛偶祭一樣是按照舊曆在過，遠遠的民家仍掛著鯉魚旗。我望著旗子翩然翻飛，成片長稻苗迎風搖曳，劃出波紋，才察覺一直有涼風吹拂；太陽高掛在天，卻不覺得熱得難受。從神山高中的操場出發，直到現在我才第一次有了想認眞跑一下的心情，偏偏有意願跑步的時候腳卻痛起來，世事果然無法盡如人意。

我想應該沒什麼大礙，但保險起見，還是逐漸放慢速度，最後停下腳步。路邊開著白色小花，即便毫無附庸風雅的心思，我也曉得這是鈴蘭。我茫然地望著小小花朵，撫了撫右腳踝，然後壓幾下，最後搥了搥。

「……嗯，這種程度的疼痛還能撐吧。」

痛楚並沒有消失，但摸了摸感覺也不是太嚴重，而且沒腫起來，應該沒問題吧。就在我打算繼續前進時，唐突地飛來一陣斥責聲。

「喂！你這傢伙給我認眞跑啊！」

我一頭霧水，抬起頭一看，一年級時同班的某某正跑過我身邊。

我跟這人不熟，只是曾經同班，印象中沒講過幾句話，只不過我想起從前聽過很類似的聲音。那是寒假前全校大掃除的時候，因爲垃圾桶滿了，我正想拿去倒掉，卻換來一句滿含忿恨的：「不用你這傢伙去倒啦！」當時我沒說什麼默默地走開了。

那位某某可能曉得我是二年A班，才會訝異爲什麼我早早出發卻還在這兒混水摸魚，但他訝異歸訝異，語氣也太衝了吧。我再怎麼遲鈍也感覺得出他對我懷有敵意，雖然不記得自己從前和他有什麼過節，可是想來是曾經做了什麼讓他看不順眼的事。而且……他應該也跑累了，火氣總會大了點。

我要是現在邁開步伐繼續往前跑，一旦追上他難免尷尬。雖然腳痛不太嚴重，我決定暫時用步行的。

幾個人陸續超越我而去，我思考著「討厭」這件事。

我覺得自己的個性不是樹大招風型，也不是人見人愛型，如果對一百個人做問卷調查，當中應該會有人受不了折木奉太郎這個人。就算對我再寬容，畢竟我不是會積極參與團體行動的人，班上的活動也明顯時常敷衍了事，結果就是常常收到「那傢伙搞什麼啊，都不爲大家的事出力」的冷漠視線。不過，該怎麼說呢，我本來就不太在意這些，或許可說是超然吧。

但就算是這樣，我通常還是會選擇避開討厭我的人。此刻我以步行前進而非跑步，也是這個原因。不過里志在這方面就和我不一樣。

那小子不會避開人群，時常四處跑四處露臉，出力也出嘴，但不是因爲他喜歡插手管別人閒事。里志的出現並不代表「交給我辦吧」的意思，而是出於「也讓我玩玩看吧」的心態，而且，他雖然只是參一腳，可是做起事來卻從不敷衍。不過他這看似四處沾醬油的表現偶爾也會招人誤解，強就強在里志即使曉得有人討厭自己，還是依舊一副沒事人的模樣。換句話說，他可能遠比我還不在乎別人怎麼看待自己，這也是一種超然。

然而，也有些人和超然二字完全扯不上邊。多虧方才那位某某罵了我，我想起昨天似乎也聽過類似的話語。

不過，還是只有當時說上話的兩位當事人才有資格講這個部分。

路邊停著一輛公車。

令人感動的是車旁還有一座附遮簷的小小候車亭。這座亭子的鐵皮鏽蝕斑駁，而釘在牆面的招牌字形古樸且滿是灰塵，似乎是琺瑯製的。長椅則是塑膠製品，即使設置在可遮風避雨的亭子內，還是風化得很嚴重，結構顯然很脆弱，而且邊邊還缺了一大塊。它的斷面已然褪色，四下卻不見缺了的角，看來不是這兩天才壞的。

沒有地點比這裡更適合觀望跑步的神山高中生了。我小心避開他人耳目，若無其事地溜進亭子裡，在角落暗處坐了下來。只要等著，千反田遲早會出現。

剛剛才被那位某某君突如其來地辱罵不認眞跑，如今我卻連跑步都放棄了，但其實我有我的理由。

今天早上從操場出發後沒多久，我就一直在想一件事。昨天我和千反田、大日向三人在地科教室裡，後來伊原來了就說大日向要退社，到這為止大致都與事實相符。

不過經過我這一路的回想，同時也向伊原和里志問到一些事，我漸漸醒悟昨天放學後的那數十分鐘有多關鍵，不是能夠以一句「我一直在看書所以沒印象」帶過。有了這個覺悟，先前覺得無關緊要而淡忘的回憶，又鮮明了起來。

先不論是否為事實，千反田顯然覺得是自己逼得大日向退社而自責不已，要是我沒神經地追上跑步的她說：「那件事應該還有辦法挽回的。妳先停下來，我有話想問妳。」她一定只會默默地搖頭以對。她脾氣很拗，一旦決定的事便不肯更改。

但我非得攔下千反田不可。

為了讓她停下腳步，我試圖回想昨天放學後的關鍵數十分鐘發生過什麼事。必須得出一個推論告訴她才行。我得釐清在千反田的認知裡，她覺得大日向退社的原因。

我總覺得自己似乎知道當中的癥結點。

2 過去：大約十九個小時又三十分鐘前

我不確定確切的時間，但黃昏來臨時，我走出位於三樓的二年A班，晃蕩著朝古籍研究社的社辦——地科教室前進。手邊的文庫本看到後段了，我想乾脆在社辦把書看完。

走廊上，收拾回家的同學與我擦身而過；不知是哪個社團的社員在忙著張貼海報；一名抱著大紙箱的同學因為看不到前面，邊走邊頻頻從紙箱左右探頭張望。一如平日的放學時間，高聲喧鬧與低語四處可聞。我一手插口袋，把玩著口袋中買午餐時找回的零錢。

要前往社辦所在的專科大樓必須經過連接通道，由於通道共分上下兩層，晴天時可以走上層的天臺。我來到天臺，風陣陣吹拂，遠處傳來棒球社社員的金屬球棒打到球的清脆聲響。

神山高中放學後的這段時間，通常聽得到管樂社或人聲音樂社社員練習的樂聲，昨天卻很安靜。眼前一名不認識的女學生正倚著生鏽的欄杆，憂鬱的神情彷彿在說：「這世上毫無樂趣可言」，要是太陽再低垂一點，應該會是一幅淒美的畫面。

我走上通往四樓的樓梯，轉角平臺處有塊公布欄。因為過了社團招生期，公布欄空蕩蕩的綠色底板尤其醒目，一名美麗的女演員在唯一貼著的海報上頭面露微笑，文案寫著：「等等　還有充滿希望活下去的方法」，實在語焉不詳。

在這個學年度，位於專科大樓四樓的社辦只有古籍研究社和天文社，天文社一向很吵，這天難得一片寂靜。我走在空無一人的走廊上朝地科教室走去，眼前的景象卻嚇得我差點跌倒，倏地停下腳步。

眼前空教室的橫向滑門門框下方，吊著一個人。

雖然這樣想很驚悚，但我一瞬間還以為是有人上吊。明明還有充滿希望活下去的方法呀，現在求死也太早了。

不過我想太多了，因為那個人的兩手正緊緊抓著上門框。

懸吊著的女生一身水手服，由於她面向關著的滑門，我只看得見她的側臉，不過已經夠讓我認出是誰了。我看向她的腳邊，她穿著深藍色襪子的雙腳完全離地，我猶豫著要不要出聲喊她。她說不定不希望被別人看到這副模樣，別吭聲當作沒看見才是做人應有的厚道，不是嗎？

但這份顧慮是杞人憂天。我以爲我沒發出聲響，她卻發現我了，還「哇！」地大叫一聲，手一鬆，整個人猛地撞上門板又一屁股摔下地。雖然她馬上一彈站了起來，卻還在恍神。

「你好。」

非常有禮貌的問候。

「嗯，妳好。」

「今天天氣很好呢。」

「是啊，非常好。」

大日向友子爲何在放學後獨自懸在專科大樓四樓的門框下方呢？要是千反田在場，一定迫不及待地想知道這個高難度謎團的解答。笑咪咪的大日向悄悄地把手伸向身後，不著痕跡地拍去裙子上的灰塵。

既然她知道我看到了，總不能事到如今才裝蒜，於是我絞盡腦汁，盡可能不觸及敏感問題地發問了：

「唔……」我無意義地伸出食指轉了一圈，臨時生出的說詞是：「是那個吧？在做拉背伸展操？」

一聽就是憋腳的體貼之詞，大日向不禁苦笑。

「背根本沒拉到吧？要拉也是在拉手臂呀。」

「那就是拉手臂伸展操？」

「嗯，差不多那個意思。」

大日向的視線輕巧地移往窗外，我看不見她的眼神。接著她瞥了我一眼，反問我：

「學長要去社辦嗎？」

「嗯。」

「這樣啊……」她下意識地低喃著，卻讓我聽出她話中的失落。她大概沒料到我會出現吧，不過，古籍研究社向來沒有固定聚會時間，大家都是想出現就出現，即使目前已過了一年，這老規矩依然沒變。

我看向走廊盡頭的地科教室，發現教室的門是敞開的，這應該是爲了讓教室的空氣流通吧。

「好像有人在啊？」

大日向望向開著的教室門說：

「社長在哦。」

「千反田嗎？」

「福部學長在委員會那邊好像有事要忙，剛剛來了一下，很快就離開了。」

里志正在準備明天的星之谷盃，我反而比較好奇他怎麼還有時間過來露臉。

「那小子永遠都是個大忙人。」

大日向似笑非笑地點頭說：「好像是，最近學長連週末都——」她話說到一半又吞了回去，然後突然一臉認眞，像要講什麼重大祕密似地問我：「折木學長，你是福部學長的好朋友，應該也曉得吧？」

雖然不像千反田那麼嚴重，但我發現大日向有時講話也會習慣性地省略一部分。千反田大多是急著講到結論而漏了中間的說明；大日向又不太一樣，她似乎會自動省略掉她自認爲不用明講對方也知道的部分，而這對她而言是一種親密的表現。

我說里志是大忙人，大日向聽了回說「連週末都——」。我沒有掌握里志的行程到連他的週末如何運用都曉得，只是可想而知他有事要忙，而我曉得的事只有一件，卻不是一件能夠隨隨便便拿來閒聊的事。

「我說妳啊……」

「我是從班上同學口中聽來的。」

「同學？」

里志那件事應該沒有大到足以成爲流傳於一年級教室裡的傳聞。

「喔，福部學長的妹妹跟我同班。」

原來如此。我這才想起聽說里志的妹妹今年也進了神山高中，這麼說來大日向會曉得那件事也就不足爲奇了。

「妳跟里志的妹妹交情很好嗎？」

「嗯，還好，有時候會一起吃便當而已。」

「我只見過幾次，不過她是個怪人吧？」

大日向偏起頭：「是還滿有個性的，但不到怪人的程度啦，我反而覺得福部學長還比較怪呢。」

我們倆說到這，都暫時沒吭聲。

好了，那位滿有個性的福部妹妹到底跟大日向說了什麼？

我和大日向視線相交，彼此刺探著對方。我盤算著這傢伙知道了多少關於那件事的資訊？我能提到什麼程度？令人窒息的沉默籠罩……

但我很快就膩了，也懶得花力氣猜測對方的心思，再說爲什麼我得爲了里志的事這麼小心翼翼？於是我很籠統地說：

「妳是指里志跟伊原的事吧？」

大日向像是鬆了口氣，神情也緩和了下來。

「嗯，沒錯，學長果然知情。」

「我只知道好像塵埃落定了。」

伊原對里志示好了很長一段時間，就我所知，少說在我們中學三年級的冬天就開始了，但里志只是一味閃躲，從不正面回應。我沒打算幫他們任何一方的忙，也不曾在意他們之間的後續進展。

到了今年的春假，我聽說里志宛如鬧劇的你追我躲戲碼告一段落，之後他的週末行程似乎就一直處於滿檔。

「我班上那個同學說啊……」

我至今從未有機會自女學生口中聽到所謂的傳聞，她們是不是都會露出一副宛如沉浸在不為人知的愉悅之中，並且狂喜不已的表情呢？大日向壓低聲音說：

「那兩個人剛交往的那陣子，福部學長成了很可憐的人哦，連續三天左右對伊原學姊都只說得出『對不起』，不停地道歉。他們之間發生過什麼事啊？」

這什麼狀況？真是太悲慘了，里志低聲下氣的行為竟然被親妹妹得知，還傳進了學妹耳裡，唯一的救贖是大日向看樣子並不清楚詳細的來龍去脈。不過里志拖了一年多才給伊原正面回應，的確應該好好地向人家賠罪。

話雖如此，其實我對他們倆的事沒什麼興趣，於是我決定火速結束這個話題。我看著一臉期待地盯著我的大日向說：

「他應該是因為自己明明不值得，卻讓人家苦苦等待，所以覺得該道歉吧。」

聽到我這曖昧朦朧的解釋，大日向不禁一愣。

本以為她會追問下去，沒想到她只是微微一笑，說道：

「真羨慕，這種講法感覺得出你們交情很好呢。嗯，我喜歡。」

我不知道該作何反應。大日向只是盯著我，露出一抹淺淺的微笑，沒再說話了。我心想閒聊這麼久也夠了，正打算朝社辦走去，大日向出聲喊住我：

「啊，學長！」

「嗯？」我停下腳步回過頭。

「呃……那個……」大日向吞吞吐吐地不知在囁嚅什麼，接著像是下定決心似地說：

「請等一下。」

然後，她轉身面對方才那道門框，縱身一躍，手又勾上去了。

我當然是心頭一驚，卻沒打算開口問她在幹麼，只是她叫我等一下，我就等等罷了。

我望著大日向的背影，剛剛她一屁股跌在地上，裙子還沾了些許灰塵拍乾淨。校內的掃除工作不夠徹底眞是令人遺憾。

「別看我這樣，懸在空中其實很累人的。」

我想應該是很累的，不過，「不是妳自己要掛上去的嗎？」

「嗯，是啊，我也隱約這麼覺得。」

話中有話。

我問她：

「還是，是有誰害你懸在空中？」

「我也隱約那麼覺得哦。」

我思考了一下，如果大日向是被誰害得懸在空中，那還眞是可憐。因爲我姊姊就常害我懸在空中，我很能體會那種心情。

「那就是……那個了。逃不出魔掌？」

大日向身子沒動，只轉過頭看向我。

「我沒有那麼大的臂力呀，而且呢，」大日向掛上去應該只有短短幾十秒，只見她一個鬆手，這回穩穩地以雙腳落地，「把手放開要輕鬆多了，對吧？多謝，讓你久等了。」

她靦腆地笑了。

我的確在那時就覺得她有點不對勁。大日向在贏新祭上決定入社時，我心想這個一年級女生個頭還眞高，晒成淺褐色的肌膚加上時時帶著笑意的嘴角，我甚至暗忖她外表這麼活潑開朗，說不定反而有著極爲纖細的內心。

不過昨天放學後在專科大樓四樓的走廊上，大日向露出了符合高一生——不，應該說是畢業前夕中學生的氣質，個頭顯得嬌小了許多。

「好，我們走吧！」

所以，我從她高昂聲音裡聽出的虛張聲勢，應該也不是我多心了。

我本來心想千反田一個人待在教室裡是在幹什麼，結果發現她正在盡學生應盡的義務——抱著教科書和字典預習課業。她一發現我們走進教室就抬起頭來露出微笑，闔上書本。

「你們聊了些什麼呀？」

我不訝異她會這麼問，因爲地科教室的教室門一直開著，加上千反田聽覺敏銳，即使聽不清楚我和大日向的對話內容，肯定曉得我們在聊事情。我沒打算說謊，於是誠實地回道：

「我們在聊里志好像很忙。」

雖然沒完全坦白，但也沒說謊。千反田毫不起疑地點了點頭。

「嗯嗯，明天就是星之谷盃了。」

這說不定是我第一次從里志以外的人口中聽到「星之谷盃」這種稱呼方法。

「大日向同學，我們有三天沒碰到面了哦。」

「啊，是哦。」大日向心不在焉地應了聲，她環視地科教室之後，慢慢走到千反田身旁，「請問，我可以坐妳旁邊嗎？」

「嗯，請坐。」

看樣子開著門果然是爲了讓空氣流通，面朝操場的窗戶也打開了好幾扇，束起的窗簾迎風微微晃動。已經是五月底了，吹進教室的風一點也不冷。

從教室後方數來第三列、可眺望操場的窗邊數來第三張課桌是我的老位子。我過去坐了下來，從校方規定的學生用側背包拿出文庫本。

拉開椅子的聲響傳來，我抬眼一看，大日向正要坐到千反田前方的位子。我翻開文庫本，找到先前看到一半的地方，視線追逐起文字時，隱約聽到千反田和大日向聊了起來。

不確定經過了多長的時間。

突然傳來一聲：「是。」把我從文庫本的世界猛地拉了回來。

這本書內容很有趣，但偶爾會出現列出一堆數字的枯燥段落，在我看得有些走神的時候，人的對話聲將我拉回現實。我抬起頭卻只見背對著我的千反田，她似乎沒有要回頭的意思。

是我聽錯了嗎？不，我確實聽到了很唐突的一聲：「是。」而且是千反田的聲音，莫非她不是在對我說話？但大日向不知何時不見人影。嗯，但也沒什麼好奇怪的，她應該是回家了吧。

總之我看著千反田的背影出了聲：

「怎麼了？」

我的音量並不大，但應該不至於小到她聽不到，可是千反田依然動也不動，難道是睡著了？不過我沒見過誰能夠背脊挺直地坐著睡著。保險起見，我又問了一次，這次大聲了一點。

「怎麼了？」

千反田一驚，身子顫了一下。

她沒動，只是緩緩轉過頭看向我，臉上是我從沒見過的神情。只見她嘴角緊繃，眼中毫無光芒，怯怯地輕搖了搖頭，旋即又轉回去望著前方。我覺得奇怪，但只有兩人的教室裡總不會出什麼天大的事，而且要是有狀況，千反田一定會毫不猶豫地說出：「我很好奇。」所以應該沒事吧。

這時我發現外頭的風變強了，不斷灌進地科教室裡，而雖然太陽還沒下山，但氣溫變低了。我走過去關上窗，千反田仍背對著我動也不動。

我重新回到老位子，繼續看我的書。

我這次決定直接跳過一堆數字的段落，再度沉浸在故事的世界裡。當我再次抬起頭時，已是在閱讀完這一章的時候。我想沒經過多少時間才是。

我本來想一口氣看完書，但天色愈來愈暗，還是回家好了。就在我暫時放下書的時候，教室的門被拉開來，伊原進來了。

她帶著一臉困惑，擔心地問道：

「噯，發生什麼事了嗎？」

「沒有啦……」千反田吞吞吐吐地囁嚅著。伊原轉頭看向門外走廊，接著壓低聲音說：

「我剛剛在外面遇到小向，她怎麼說不入社了？」

3 現在位置：14.5 km處。剩餘距離：5.5 km

我躲在候車亭的暗處，數名神山高中的學生跑過我眼前。有人固定以輕快的速度前進，彷彿從學校操場出發到現在一直都是如此；有人虛脫無力，或許是激烈的上下坡消耗了大量體力；也有人懶洋洋地跑著，像已經受夠了星之谷盃這整件事。

我很想低下頭靜靜地思考，但那樣可能會錯過千反田。

我坐上結構脆弱的塑膠長椅，抬起下巴思考著。

我覺得大日向決定退社的癥結點，應該是在贏新祭到昨天爲止的數十天之間。根據這點再回想先前的相處，確實有幾個奇怪的徵兆，而從伊原和里志口中得到的消息，也爲我的質疑做了背書。

但是，千反田又怎麼看呢？就我昨天看到她的狀況，她心裡顯然對大日向的退社原因自有一番解釋。是因爲這數十天下來累積的不愉快嗎？或者是因爲昨天放學後的數十分鐘裡發生了讓大日向不開心的事而憤然令她決定退社？

如果原因是出在數十天當中，可以這麼推論——

千反田知道自己一直在給大日向壓力，雖然可能不是明顯的敵意或惡意，但至少昨天大日向說她決定退社時，千反田心裡立刻有了答案，認爲：「啊啊，都是因爲我這段時間都那樣對待她，她才會決定退社。」說得極端一點，這個假設就是學姊欺負學妹，最後終於逼走人。

如果原因是出在數十分鐘裡，可以這麼推論——

當我徜徉在文庫本精采的間諜風雲中時，千反田做了某件事徹底惹火了大日向，譬如兩人打算要吃炸雞塊，千反田卻沒問過大日向便擅自淋上了檸檬汁之類的。大日向因此火冒三丈，心想：「我再也不想跟這種人相處了！」而憤然退社。這個假設是突然的情緒爆發。

是哪個呢？

大日向無庸置疑是在這數十天的相處當中累積了相當程度的不滿才會以「外表宛如菩薩」這種極爲迂迴的說法來責怪千反田。

那千反田是夜叉嗎？她眞的持續給大日向看不見的壓力，逼得大日向選擇退社一途？該思考的癥結點爲何，我逐漸有了頭緒。

等待是痛苦的。雖然不是在講昨天的大日向，但懸在半空眞的很累人。最慘的狀況就是在我沒留意的時候，千反田已經超越我往前跑去。那樣的話，我等於是待在這候車亭裡等著永遠不會來的人，一直等一直等，等到兩眼昏花，直到某個冬天的早晨被人發現我冰冷的身軀，後人還據此寫成一部名爲《等待千反田》的舞台劇腳本。畢竟此刻的我已經完全無法估算我和千反田之間的距離究竟有多遠。

我試著整理目前掌握的狀況。

要是不回去神山高中，星之谷盃就不會結束，可是我不想跑步了，應該說累到不想跑；另一方面，我現在身處的地點是公車的候車亭，搭公車也是手段之一。

乾脆搭公車回學校好了。沒問題的，口袋裡還有零錢，我從早上就將這些零錢收在身上，想說跑步途中渴了就能夠在自動販賣機買飲料喝。這提案很不錯吧？不擅長計算用計算機就好；不擅長英文用翻譯機就好；不想跑步臨機應變搭上別種交通工具移動就好。我一開始就曉得這個道理，這不正是所謂的求生能力嗎？哎呀呀，今天眞是獲益良多。

就在我想著這些有的沒的，千反田從我眼前跑過。

一瞬間，我不確定那眞的是她，一方面是沒看慣她穿著白色短袖搭胭脂色緊身運動褲的模樣，加上她束起一頭長髮，和我印象中的千反田完全不同。先前只有在正月前往神社參拜時見過她將長髮盤在腦後，但那是爲了搭配和服造形的髮形；像現在這樣高高束起長髮，我還是初次見到。我熟悉的是平日謙和有禮的千反田，如今差一點錯過了雙脣微啓、從我眼前跑過去的她。

我起身衝了出去。因爲我的遲疑，沒能第一時間堵到她，現在得加速追上才行。

明明才剛跑了一段越過山丘的難關路段，千反田的跑步姿態卻絲毫感覺不出疲累。她夾緊腋下，微微地擺動手臂，以一定的規律踏著柏油路面，守規矩地跑在路肩白線內側。

身後蒼鬱的森林與前方育苗的田地之間是一段筆直的道路，似乎才鋪好沒幾年，柏油路面呈現濃厚的黑色。雖然到正午還要一會兒，高掛的太陽卻非常刺眼。我瞇細眼，估算與千反田之間的距離跑著。

如果突然衝到她身邊會怎麼樣？我雖然不像剛起跑不久時還有心力在意其他跑者，但前前後後還跟著很多二年級的同學，要是像在跟蹤千反田似地一直追在她的後頭看起來實在有點變態，我得盡快且態度自然地追上她才行。

我這麼想著，稍微縮短了一些和她之間的距離，目前還不到伸手可觸及的程度，但喊她應該是聽得到。

相距遙遠的是接下來的部分。

突然之間，我的聲音哽在喉嚨深處，雙腿無比沉重，連腳踝的痛楚都加劇了起來，呼吸登時變得急促。

「不妙。」我咕噥著。

我發現自己沒在努力追。

因爲不想追上她。追上她的話，就勢必得告訴她我的推理，一想到這點，腳步便頓時變得沉重。我的推理應該說中了事實，然而即便如此，也無法心一横、把話說出口。

目前相距五〇公尺？還是一〇〇公尺？或者更遠？我與千反田之間保持著一定的距離，既無法更靠近，也無法慢下腳步，但我當然不能始終望著千反田左右晃動的馬尾跑下去。

我緊咬住臼齒，下定決心追上去。

幾乎就在同時，令人難以置信的事發生了。

千反田邊往前跑，居然轉過上半身看向後方。

我和她四目相交。

這下只能追上去了，於是我加快速度。千反田雖然不知爲何回頭一望，想來是沒料到會看到我。只見她睁圓雙眼，旋即轉頭面朝正前方，畢竟望著後方跑步是非常危險的舉動。星之谷盃乃是學校教育的一環，認眞向學的千反田自然沒有放慢速度，但也沒試圖加速甩開我。

我一旦下定決心要追，很快就追上了。五月末的風中，我與千反田並肩跑著。

千反田的速度絲毫沒變，只是瞥了我一眼。我佯裝平靜地開口了：

「抱歉，我剛剛本來想出聲喊妳的，可是……」

我明知道她如果以爲我在跟蹤她，感覺會很差，但我的行徑卻成了不折不扣的跟蹤。

千反田似乎沒興趣聽我辯解，但因爲跑步而變得緊繃的表情浮現一絲疑問。或許她不想打亂呼吸，話說得很簡短：

「你爲什麼會在這裡？」

她應該是想到我明明比她早出發許多。事已至此，我不能再有所遲疑。

「我想跟大日向談談。」

「……」

「所以必須先問妳一些事。」

好一會兒，千反田只是短促地呼吸著，跑步速度完全沒變。我在和她相距幾十公分的身旁跑著，等她的回答。

過了一會，千反田開口了，眼神中帶著痛苦：

「事情會變成這樣都是我的錯。」

「妳在意的是昨天發生的事吧？」

「這是我和大日向同學之間的問題。」千反田稍微頓了頓調匀呼吸，「謝謝你的好意，但我不能給你添麻煩。」

似乎是空氣乾燥的關係，千反田雙眼微溼，卻筆直地望著正前方，不肯再開口了。我早料到她覺得責任在自己身上，如果我只是一味地強求她告訴我昨天發生的事，她不可能因此停下腳步。

即使如此，我還是盡量不要動用最後一張王牌，於是我再次試著說服她：

「我想知道昨天發生了什麼事，大日向很可能是誤會了。」

「真的很謝謝你的心意。不過，」千反田微微地轉頭朝向我擠出微笑說：「不是其他人的錯。」

要不是因爲現在在跑步，我實在很想嘆氣，因爲我也料到這傢伙一定會這麼說。不過這也釐清了一點……

我想直接按住她的肩頭硬是攔下她，但當然不能那麼做，我只能祈禱接下來的話能夠強烈地傳達到千反田的心裡：

「不是那樣的。」我看著千反田的側臉說：「不是那樣的，**大日向不是因為手機被偷看而生氣的。**」

始終維持一定速度跑著的千反田，第一次出現了紊亂的呼吸。

前一段賽道一直是沿著森林的外圍，而那座森林是水梨神社的守護林。在抵達水梨神社之後，賽道再度轉向河畔的路。

神社境內不見人影，不知什麼種類的鳥兒正聲聲啼囀。除了洗手處，境內設有一座供水臺，清水從斜切口的竹筒流出，千反田拿起水杓接了水，輕輕送到嘴邊喝下。

「我還滿擅長長跑的呢。」千反田拉齊衣服下襬，說道：「本來完全不想用走的，從出發一路跑到終點。」

「抱歉。」

「這裡的水很涼很好喝哦，折木同學你也喝一點吧。」

說完便讓出位置，於是我洗了洗手，再以雙掌接水來喝。入喉的水清冽冰涼，要是一口氣喝下去恐怕會肚子痛，所以我先含在嘴裡，再慢慢吞下去。

我看得見鳥居的另一側跑過了神山高中的學生，不過他們不可能察覺到我們鑽過鳥居爬上石階來到高處俯瞰他們。剛剛賽道一進入水梨神社的境內，千反田便說：「這事情沒辦法在路邊談。」而提議來到這兒。這兒確實非常寧靜，應該能夠平心靜氣地談話。

千反田站在一旁微低著頭，右手抱著左臂，看我把水喝下去之後，平靜地開口了：

「你看到了吧？那天我做的事。」

「沒有耶，我沒在看，所以才不知道詳情。」

「沒在看？」

千反田低喃著，卻沒催我講下去。我再次以清水打溼手，很沁涼，非常舒服。

「那時妳一直背對著我，所以我只看到了妳的背後，還有聽到妳說了一聲：『是。』不過，嗯，多少猜得到是怎麼回事。」

「我出聲了嗎？」

「果然是無意間開口的啊。」我苦笑道。

回溯起昨天數十分鐘的記憶時，我想起了千反田的那聲「是」。當時我也嚇了一跳，但千反田之後沒有太大反應，所以應該不是什麼要緊事，我很快便把事情拋到腦後。

但她的聲音把我從小說世界拉回現實時，地科教室裡卻只有我和千反田兩人。假使那聲「是」是在叫我，我緊接著問她：「怎麼了？」她應該會馬上回應。

然而她卻沒反應。在合理的情況下，就算我誤把風聲還是什麼聽成了那聲「是」，她聽到我的詢問也一定會回應才是。但是當時我喊第一次時她毫無反應，喊她第二次時也只有微微地搖頭以對。

如果我在當時就明白這奇妙舉動背後的意義就好了，換句話說，千反田的那聲「是」並不是對我說的。爲什麼不是對我呢？

總不會因爲她突然討厭我到連話都不想跟我說。

「那聲『是』，是**接起電話時的應聲**。對吧？」

「對，但我怎麼會出了聲呢？」

「妳那時是在接電話，沒錯吧？」

「是的，我當時確實是在接電話，可是一接起來是說『是』還是『喂』，我已經沒有印象了。」

她不記得自己出聲是有很可能的，因爲應聲的話語都不是有意識地說出口，只不過要是她當時是說：「喂？」我就能知道千反田在幹什麼了。

「我喊妳的時候，妳也只有搖頭，什麼都沒說。」

「這個我記得，因爲……」

「因爲在電話中，周圍的話聲反而是干擾吧？」

千反田點點頭。

那通電話當然不是千反田撥出去而是有人打來的，否則她不會一開口就說「是」。

但千反田沒有手機。雖然我不知道原因，總之她沒辦手機。那到底是誰的手機呢？可能是之前使用地科教室的學生把手機忘在教室裡，然後放學後有人撥了那支手機。

但仔細分析，這個可能性很低。

「如果是不認識的人的手機，打來時應該會發出明顯的聲響，但我什麼都沒聽到。」何況我在當時恰巧放下手裡的書，一定有機會留意到來電鈴聲，或者是放在堅硬桌面上的手機震動時所發出的、連我這種沒用過手機的人也聽過的「噗嚕嚕——」聲響，而且實際上我就聽見了千反田接下來的那聲「是」。

換句話說，那支手機沒發出任何聲響，或者只發出很小的聲響。那是爲什麼呢？

「如果那支手機是大日向的，就說得通了。」

「大日向同學的手機不會響嗎？」

「怎麼可能？不是的。妳回想一下，當時大日向的手機擺在哪裡？」

千反田很快便回答：「在桌上。她坐下來的時候放上去的。」

之前有一次大伙兒在社辦拆了鹿兒島名點來吃，當時大日向在坐下前也是掏出手機放到桌上。我不記得她穿便服時有這個舉動，這可能是穿水手服時的習慣。

「然後昨天桌上還擺著妳的教科書和筆記本，放在上頭的手機多了緩衝，振動聲響被吸收掉而變得很小聲，我才沒聽到。」

登門拜訪別人家時，對方的電話突然響起，而電話旁又只有你一個人在，不見家裡其他人，這時會怎麼做？其中一個方法是當作沒聽到，等到鈴聲停止；要不就是接起來後告知來電者目前這戶人家沒人在，無法接聽電話。實際上，先前我們到「步戀兔」嘗試吃客，拜訪親戚的千反田就是代接了人家家裡的電話而遲些告辭。所以昨天大日向的手機有來電時，千反田可能也是抱著想幫忙的心情代爲接起電話。

只不過，這些心路歷程不是一句出於善意便能解釋得清的。

「昨天妳接起電話時，大日向當然不在場，但她不是回家去了，可能只是去一下洗手間還是怎樣而暫時離開教室，很快便回來了，剛好撞見妳正在動她的手機。」

千反田微微點了個頭。

昨天聽到那聲「是」之後，我因爲覺得灌進教室的風很冷而走過去關上窗戶，而當時教室內流動著風，表示那時地科教室的**門依舊開著**，可是後來伊原進來的時候，我記得她是**拉開教室門走進來的**。

這代表，在這段時間內，勢必有人拉上門。

應該是大日向吧。她暫時離席後回到教室，然後再次離開，這次卻是收拾好準備回家，門就是這時被她拉上的，然後她在走廊上遇到伊原，跟伊原說自己不入社了。

「大日向同學的手機擺在字典上頭，突然開始振動。」千反田娓娓道來：「因爲大日向同學去洗手間，沒人接電話，我也覺得擅自接起來不太好，可是一想到萬一是什麼要緊事……總而言之我拿起了手機，然後不知道按到了什麼鍵，振動突然停了。雖然我不記得自己應了聲，但我會說出那聲：『是。』應該是因爲我覺得先出聲的話，對方就會曉得電話接通了，但電話另一頭的人卻沒有開口。

畢竟是別人的手機，我不好拿來貼在耳朵上聽，所以我把手機平放在手掌上，豎起耳朵聽對方的反應。總之我心裡一直惦記著不能弄壞人家的手機。我有聽到折木同學你喊我，現在想想，那時應該立刻回頭請你幫忙才是。」

不過當時千反田一定以爲電話接通了吧。她一心留意對方的反應，沒想到可以和我商量也是情有可原。

「妳把手機平放在手掌上，然後呢？對方什麼都沒說？」

「是的。」

我想，千反田恐怕根本沒有「使用」大日向的手機。

我玩過里志的手機好幾次，一些基本功能等等還算了解。我想大日向的手機會振動，不是因爲有人打電話來，只是收到了簡訊；千反田也沒有亂按到什麼按鍵，而是簡訊通知的振動本來就會在固定的秒數後自動停止；又或者眞的有人打電話來，卻在未接聽超過固定秒數後自動轉至語音信箱。無論哪種情形，千反田都只是把手機放在手掌上，不算接起電話。

可是大日向卻無法得知這段過程。

「後來大日向同學回來看到了。我從沒見過那樣的視線，嚇得連話都說不出來……她從我手上拎走手機，以幾乎聽不見的冰冷聲音說了句：『再見。』然後就頭也不回地離開了。我眞的好蠢，那一刻才察覺自己闖了大禍。」

「不過是支手機呀。」

「我也覺得那只是一支手機，但是，」千反田擠出笑容說：「每個人都有自己最寶貝的東西。」

她喃喃地繼續說：

「因為我沒有手機，沒辦法體會手機對大日向同學而言有多重要。我後來才曉得對有手機的人來說，那可是相當於日記一般的私密東西。不，說不定還要更寶貝。不是有這種狀況嗎？未經允許看了朋友的日記而導致兩人絕交。每個人都有祕密的，我明知道這一點……大日向同學會生我的氣是當然的。」

我可以理解確實會有這種事。

「然後呢？妳決定怎麼辦？」

「等一下回學校後，我想去找大日向同學跟她道歉。昨天我連一聲對不起都沒能說出口……」

千反田當然會這麼做。誠心誠意地道歉之後，或許能夠得到對方的原諒，但前提是她們的問題只是單純地起因於這起手機事件。

昨天發生的事，不是千反田與大日向之間的問題癥結點。大日向看到千反田動她的手機想必很生氣，但這是壓垮駱駝的最後一根稻草，不是眞相的全貌。我開口了：

「別去找她吧，沒用的。」

「我知道，」千反田微微點頭，「折木同學你說不是我接了電話的關係吧？如果眞如你所說，的確道歉也沒用，可是這就表示……」

她沉默了下來，思索了好一段時間。

平常對很多事都有點遲鈍的千反田，這種時候卻特別敏感。她突地抬起頭看著我，一臉寂寥地說：

「我可能在不知不覺間傷害了她……」

事情確實變成了這樣。

昨天我進社辦之前撞見大日向在做奇怪的事，她懸吊在門框下方不知想幹什麼。說不定她不是想幹什麼，只是發現地科教室的門開著，而且看到千反田獨自在裡頭，大日向一瞬間猶豫了。這和我剛才追著千反田，猶豫著要不要出聲喊她是一樣的心情。

這就像是被叫去輔導室時，因爲不知道爲了什麼事被叫去，躊躇在門前始終不敢直接進去，還得用力拍拍雙頰好讓自己鼓足勇氣再進去；而我收到姊姊寄來的信時，因爲曉得內容一定沒寫什麼好事，總會仰天嘆息一下之後才拆開信封。大日向懸吊在門下的行爲，就是讓自己堅定決心的儀式。

也就是說，大日向昨天走進社辦時是抱著背水一戰的覺悟，她一開始就決定和千反田攤牌，難怪見到我出現時，她臉上曾出現一絲失落。

千反田雙手交疊在身前，垂著憂傷的視線，接著宛如嘆氣似地呢喃：

「我不期待她相信我說的話。」

「什麼話？」

「我想跟她說我不是有意的。我對大日向同學而言一定不是一個好學姊，可是我不是有意的。我到現在還是不知道自己做了什麼惹她不開心，我沒辦法期待她相信我。」

怎麼會糾結成這樣，我不明白理由何在，但千反田有時講出來的話很不理性。

「事到如今才講？」

「嗯，事到如今才講這個。」

「要是我覺得妳做了什麼惹到大日向，我就不會在馬拉松跑到一半的時候叫住妳了。大家都很累，何必挑這時候談。」

千反田一驚，猛地抬起頭看我，我不禁移開視線。

我賭的就是這一點。千反田是故意耍手段的嗎？她是那種表面上笑臉盈盈，私底下卻做些傷害大日向的事，逼得她不得不退社的人嗎？

我賭不是，但根據只有「我覺得不是」。

如果是去年，我說不定會覺得千反田暗中耍了什麼手段。畢竟目前我所獲得的種種訊息在在透露，千反田有意識地在我不知道的地方向大日向施壓，而我手邊沒有任何足以明確否認這點的有利資訊。

但經過這一年的相處，僅管不是全部——不，甚至該說我只看到一小部分，但我覺得我對千反田有一定程度的認識。我聽了她舅舅的事、被拉去參加電影的試映會、參加了溫泉集訓、在文化祭上販售社刊、放學後聊了毫無建設性的話題、被關進儲物間，甚至跑去雛偶祭幫她撐傘。

所以，我覺得她不是會暗地耍手段的人。

千反田比一般普通高中生更穩重有禮的行爲舉止雖然讓人感覺到隔閡，可是我不認爲她是會把新人逼走的人。

因此，我的判斷是構築在「我覺得」這種說不上合理的根據，而從中看見的眞相藍圖是：「大日向在過去數十天之間，一直感受到千反田所給予的壓力，然而千反田卻不是有意，眞要說她做了什麼惹到大日向，頂多僅止昨天放學後那數十分鐘之間的交手。」我就是賭這一點。現在看來，我應該是賭對了。

巨大杉樹環繞著水梨神社，四周鳥鳴不止。我瞥了千反田一眼，沐浴在樹間灑落的陽光下，千反田看起來像迷了路、等人來接的孩子。

「折木同學，我……」

可惜我沒時間聽她細講了，她們是二年級最後出發的隊伍，我得趕在大日向追上來之前釐清所有事情。

「告訴我妳們昨天談了什麼。」

「好的，我說。」但我也聽見她緊接著悄聲嘀咕了一句：「可是……那眞的只是和平日沒兩樣的放學後聊天……」

4 現在位置：14.6 km處。剩餘距離：5.4 km

昨天我在社辦裡預習英語。

我知道有人在外頭走廊上，因爲昨天專科大樓四樓很安靜，一有腳步聲就聽得很清楚。可是那個人到了門口附近卻遲遲沒走進來。我後來是一直到折木同學你到了外頭之後才察覺那個人是誰。因爲我聽到你和那個人在說話，那個人是大日向同學。

其實我早就感覺到大日向同學對我一直有些防備，也想過是不是我對她太客氣而顯得見外，所以昨天大日向同學主動找我說話，我眞的很高興。

一開始，我們聊了一會桌上的教科書，其他像是英語很難呀、不知道數學有什麼用呀、我最擅長的是哪一科呀，我覺得只是很一般的閒聊。

接著我們聊到天氣，大日向同學說，隔天有星之谷盃，眞希望老天下雨，我因爲一直以爲她很喜歡運動，就告訴她我很意外她會這麼說。大日向同學笑著回我，「出於個人興趣玩越野賽跑，跟被學校逼著跑長跑是兩碼子事。」

可是，這些閒聊都只是開場白。我後來回想才發現大日向同學可能一開始就有事想跟我說。我們聊到一個段落時，我覺得她有事想開口，但我沒催她，也沒阻止她說出口，但大日向同學只是輕輕嘆了口氣，接著用和平日一樣開朗的語氣說：

「今天伊原學姊不會出現哦？」

我不確定摩耶花同學會不會來社辦，但還是接著大日向同學的話題：

「嗯，她可能是去漫研社那邊了。」我一說到這就馬上發現不對，連忙更正：「啊，不對，她已經退社了。」

大日向同學一聽，似乎很感興趣，她甚至稍微探出上身說話：

「咦?伊原學姊本來是漫研社的嗎？」

「是啊，她很會畫畫哦，在漫研社裡也交到了很多好朋友，不過我覺得她退社也好。」

聽我這麼一說，大日向同學的表情變得有點僵硬。

「伊原學姊是喜歡漫畫才加入漫研社的吧？又交到了好朋友，為什麼退社比較好？」

我不由得猶豫起來。我曉得摩耶花同學在漫研社受了不少委屈，但她絕不可能把這段不愉快的經歷告訴大日向同學吧？那我似乎也不該說出去。

所以我沒提到細節，只說了大概的狀況。

「嗯，摩耶花同學好像也很捨不得漫研社，不過……他們社上好像有很多人的想法跟摩耶花同學背道而馳，我當然也覺得彼此妥協還是可以繼續相處下去，她去年也的確容忍了很多事情。

不過，明知道彼此想法不同還一直勉強自己配合，是很辛苦的一件事，所以我覺得即使不捨，但還是退出漫研社比較明智。」

我有點訝異，沒想到大日向同學這麼感同身受地關心摩耶花同學在漫研社的事。她用力瞅著我。我因為不知道該作何反應，忍不住低下了頭，結果她開口了：

「可是也不能因為這樣就拋棄好朋友吧？」

她用了「拋棄」這個很嚴厲的字眼。折木同學你應該也曉得，摩耶花同學只是把漫研社讓給了多數的社員，不過依個人觀點不同，可能也會有人覺得是摩耶花同學拋棄了支持她的少數社員。我是這麼想的，於是我告訴大日向同學：

「即使放手很痛苦，可是摩耶花同學還是應該保護自己才是。就算和多數派意見不合起摩擦，心裡受了傷，漫研社的其他社員也不會站在她這邊的。

而且摩耶花同學本來就沒必要捲入漫研社內部的紛爭，她的態度應該再超然一點，單純因爲喜歡漫畫而加入漫研社，只是這樣而已。不過已經太遲了，而且摩耶花同學也不是這種個性。

「如果遲早要離開，妳不覺得新學年開始的這個時間點，剛好是個機會嗎？」

大日向同學陷入了沉思。我心裡有點欣慰，沒想到大日向同學這麼設身處地地替摩耶花同學著想。

不久，大日向同學衝著我，刻意地堆起笑臉說：「這個時間點眞的是個機會呢。」說完便站了起來，接著說了句：「我出去一下。」

接著就走出教室了。

折木同學，我想想還是覺得不對勁。我們昨天放學後的聊天，眞的沒提到什麼奇怪的事呀！

5 現在位置：14.6 km處。剩餘距離：5.4 km

我能理解千反田爲什麼這麼說，光聽這段對話，不過就是「千反田因爲擔心伊原而贊成她選擇退社」。姑且不論她們聊起這件事是否奇怪，原本這就不干大日向的事。

但我這些時日還聽到了其他對話，僅管有點遲，我多少察覺出大日向的怪癖，了解這點之後再聽千反田這段話，我終於知道大日向的心裡在昨天放學之後起了什麼變化。

大日向深深覺得千反田是個恐怖的學姊，千反田則深深自責是自己逼走了大日向。我發現早在星之谷盃開始之前，這兩人之間就存在著誤會。

里志先前說過，他很意外我會出手設法慰留新社員。其實我根本不在意新社員要走要留，原本就是個毫無目的的社團，大日向要入社還是退社，隨她高興就好。

但我不想留下不該有的誤會。如果是我被誤會，我根本不會放在心上，但那個人並不是我。

千反田問：「還有什麼我能出力的地方嗎？」

我還有個最關鍵的問題，在星之谷盃開始時，我就決定好這個問題了。

我來到水梨神社之前一路回想與大日向相處的點點滴滴，其中還有件事只能向千反田確認。事情發生的當下我就覺得奇怪了，但沒去深究，現在我才明白那代表什麼。

「有，想請妳告訴我一件事。」

「請說。」

「妳記得之前我們去大日向親戚開的咖啡店嗎?離開前，大日向問妳認不認識一個一年級的叫什麼去了。」

不愧是千反田，馬上就想起來。

「我記得，她是問阿川佐知同學，對吧？」

「那到底是誰啊？」

那天大日向一問千反田認不認識這號人物，千反田想都不想就講出全名，我們理所當然以爲她認識阿川佐知。

但是出乎我意料之外的，千反田偏起頭，語氣中帶著不安：

「呃，我和她不熟耶。」

「不熟？」

「我只知道她是一年A班的。」

「不認識的人，卻知道人家幾班？」

「折木同學你應該也知道啊。」

我？

千反田記住人名和長相的能力可是非比尋常，去年我只是和她一起上過一堂音樂課，她就記住了我的全名，她會因爲些微交集而記住阿川佐知的名字並不奇怪，但我卻沒這種特異功能。

照理來說，我們幾乎沒機會得知一年級學生的姓名。我低頭想了想。

一年級生、A班、阿川佐知。

「妳說我也知道這個人？阿川、阿川……」

「有沒有想到什麼呢？」

千反田不打算催我，眼看她正要說出答案，我腦中靈光一現。

A班的阿川（AGAWA）。

她的座號很可能在一年級女生當中是最前面的，畢竟剛入學的新生都還沒有學業成績，姓名拼音就變成座位編號的首要選擇。

「她是今年入學典禮上的學生代表？」

「沒錯。」千反田點點頭，「A班的男同學座號最前面的是相倉直也（AIKURA NAOYA）同學，同班座號最前面的女同學是阿川佐知同學，今年是由他們兩人上臺代表新生宣誓。大日向同學問我認不認識這個人的時候，我覺得很唐突也很奇怪，我還以爲她在測試我的記憶力呢。」

不是，那絕對不是單純的測試。

「妳還知道阿川的什麼嗎？」

「我只知道她留了一頭長髮，因爲入學典禮上只看得到她的背影，就這麼多了。」

但在大日向的認知裡卻不是這樣。

問到了這件非釐清不可的事之後，接下來就只剩下和大日向談談了。

但我心裡其實帶著不安，實在很想學大日向那樣，也找根槓子懸吊一下好讓自己鼓足勇氣下定決心。

「我知道了，這樣就很夠了。我會想辦法的，妳先回去賽道上吧。」

說著我抬起了頭。千反田的大眼睛就在我的面前，她看著仰頭看著天的我說：

「抱歉，折木同學，那之後就交給你了。我想，恐怕我說的話已經沒辦法讓大日向同學聽進去了，不過……

如果大日向同學心裡有什麼煩惱，你能幫幫她嗎？如果是有什麼令人遺憾的誤會，你能幫忙解釋清楚嗎？就算大日向同學再也不會出現在古籍研究社了，我想至少這個部分……」

我也這麼想，一開始就是這麼想。我點點頭回道：「我知道了。」千反田微微鞠了個躬，一個轉身便朝賽道跑去。

五

兩人距離的概算

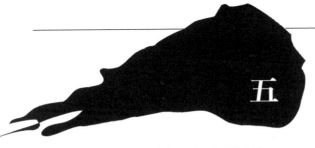

1 現在位置：17.0 km處。剩餘距離：3.0 km

接下來好一段路，我什麼都沒想地一逕跑著。

我讓千反田早幾分鐘回賽道，現在趕著追上去也沒意義，接下來等著堵大日向即可。雖然待在原地等就好了，但我還是回賽道上跑了起來。腳踝仍隱隱作痛，但我不斷跑著，跑過五月風吹拂過的河岸，跑過空氣溼冷、杉樹夾道的山間道路，跑過車輛廢氣迎面撲來的外環道路。

我的眼前出現了紅綠燈。行人號誌的綠燈閃爍起來，一名總務委員站在號誌前方負責維持秩序，臉上帶有一年級生的青澀，只見他遲疑著此時是否該攔下陸續衝過號誌的跑者。我毫不猶豫地跑過他身邊，一口氣越過了斑馬線，終於感覺自己回到了市區。外環道路上自用車與貨車川流不息，抬頭可見數棟外觀樸素的公寓。

跑步很恐怖，會讓人腦袋變得一片空白。這一路上我回憶起來的記憶與整理出的推論似乎都逐漸融化流出腦海，雖然進入無我的狀態很暢快，但此刻我必須牢牢記住這些事。然而，我的雙腳仍不停歇地向前跑，會不會跑著跑著就像水從杯口溢出似地忘了什麼細節呢？我知道自己必須冷靜下來，卻無法停止跑步。我一如長跑跑者，呼吸變得短促，規律快速地揮動手臂。

說來奇怪，我明明已在去年數度經歷過一對一的談判場面，包括在暑假期間協助學長姊製作電影時和入須學姊交過手；文化祭則在腳踏車停車場和某人對上；其他應該還有幾次經驗，但愈來愈喘，我想不起來了。

不過憑良心說，我的心情無比沉重，因爲之前都比不上如今即將來臨的攤牌。

市郊的外環道路筆直向前延伸，或許是爲了避開前方的大十字路口，賽道彎進了路幅狹窄的住宅區內，這兒是神山市內的舊街區，隨處可見建築物醒目的焦糖色梁柱與鏽紅色鐵皮，我經過油漆斑駁的紅色郵筒和貼著褪色反光膜的電線杆，來到一道架在小水道上頭、長約數公尺的橋前方。

這兒應該很適合等大日向，不僅離水近比較涼快，橋旁還有一小塊空地，停在那兒也不會擋到其他人。我決定之後便停下腳步，裝出突然察覺「啊，鞋帶鬆了」似地蹲下來。運動鞋沾著塵泥，我演著重繫鞋帶的戲碼，暗自覺得自己還眞聰明。

水道的流水潺潺，身穿白上衣與胭脂色運動褲的學生逐一從我身旁跑過。跑了十多公里下來，每個人的臉上都很難露出笑容。

一名男同學大概是累到沒辦法跑，前進速度比正常走路還慢，但手臂仍規律地揮動宛如在跑步；兩名女同學可能事先前約好一起跑完全程，即使兩人跑到這兒都已累得低垂著臉，依然並肩向前跑；有人有氣無力地跑著，有人面露忍耐痛楚的神情跑著。當中完全看不到一張笑臉。

二年級生幾乎都跑去前方了，此刻映入眼簾的全是一年級生。他們都不知道還有多長的路才到終點，眞是一群可憐的傢伙。我不由得想告訴他們：再加油撐一下吧，都跑到這兒了，終點也不遠了哦。但是，若我眞的這麼開口，先不論對方想不想聽，能夠確定的是我當場便成了唯一不折不扣的「前輩」。

右腳的鞋帶綁完換綁左腳，左腳的鞋帶綁完換綁右腳，我就這麼演著戲等待時間過去。目送幾十張疲累的面容遠去，究竟過了幾分鐘的時間呢？

大日向出現了。

一如我預測，她沒有和誰相約同行，只是獨自跑著。她夾緊腋下，嘴微張，腳步很難說是輕快。

我緩緩站起身，朝大日向輕舉了一下手，她馬上就看到我了。

我也想過她或許會當作沒看到。如果眞是那樣也沒辦法，對方不想跟我談，我也會爽快地放棄。

但大日向卻是睜圓了眼，垂下手臂慢慢減速，到我跟前停了下來。她調整微促的呼吸之後，猛地抬起臉說：

「怎麼出現在奇怪的地方啊？學長。」

跑了十多公里下來，每個人的臉上都很難露出笑容。

然而大日向卻一如贏新祭上初次見面時，衝著我調皮一笑。

「友子！怎麼了？那是誰呀！」

見到大日向停在路旁，某個同學帶著開玩笑的語氣喊了她，她對著同學的側臉回道：

「社團學長啦！」

「哦哦。」那位同學隨口應了聲，很快便跑開了，大概是她班上同學。

「眞是的，那些人只對八卦敏感。」大日向抱怨了一下，接著蹙起眉頭對我說：「不過我說學長，說眞的，你在這裡幹麼啊？你們不是老早之前就出發了嗎？」

「哦，我……」

「等等！」大日向高聲阻止我說下去，接著把手貼上下巴，「讓我猜。那裡站了個總務委員，可是折木學長不是總務委員，可是福部學長是總務委員，而你們兩個是好朋友。我知道了。」她抬起臉，「你覺得我猜的是什麼？」

妳沒發現自己將腦子想的事都講出來了嗎？

「里志託我代班。」

「答對了！」

她的表情一下子亮了起來，和昨天放學後的她有著天壤之別，非常自然的笑容，是「runner's high」（註）嗎？還是因爲決定退社，卸下了肩上重擔的關係？

註：「跑者的愉悅感」，指當運動量超過某一階段時，體內便會分泌腦內啡（endorphin），亦稱安多酚或內啡肽，是一種類嗎啡生物化學合成物激素，能與嗎啡受體結合產生與嗎啡、鴉片劑一樣的止痛和快感，等同天然的鎮痛劑。一般來說運動超過兩小時較有可能分泌大量的腦內啡，因此與其他運動選手相比，馬拉松選手比較常體驗跑者的愉悅感。

「如何？我猜對了嗎？」

我指了指自己的腳邊。

「我的鞋子沾著灰塵和泥土，而總務委員都在賽道上各就各位，鞋子不可能搞成這樣。所以，我是一路跑過來才弄髒鞋子的。」

大日向看向我的運動鞋，一臉不滿地噘起嘴說：

「那可能是因為折木學長你是可以毫不在意把髒鞋子穿出門的人啊。」

「當事人都說是跑過來了，有什麼意見嗎？」

「可是……那你到底在這裡幹什麼？」

「有件事想說，所以在這邊等著。」

「跟誰說？」大日向說到這，一驚似地指著自己說：「咦？我嗎？哇——」

看來她並沒有因為得知我在路邊等著堵她而不開心，反而是訝異不已，「那還眞是有勞您費心了。」說著猛地低頭行了一禮，然後摸著一頭短髮說：「老實說我也在猜你們應該會有人來找我談，但怎麼也沒想到會是折木學長在馬拉松大賽當中跑來找我呢。」

接著她直直望著我，臉上依舊掛著笑容說：「不過，很抱歉，我已經決定了。古籍研究社的社團活動很好玩，一定還會有新人入社。」

想也知道不可能。

然而，現在我已經完全不想攔住大日向了。

「我要找妳說的不是這個。」我微微吸了口氣，「有件事一定要讓妳知道。」

「呃，不要在這種地方告白吧？」

我沒理會她開的玩笑，一字不改地直接拋出思考許久才整理出的話語：

「關於妳朋友的事，千反田一無所知。」

「咦？」

「那傢伙什麼都不知道。」

大日向淺褐色臉龐上的表情瞬間消失。

千反田什麼都不知道，但這等於表明我知道內情，大日向馬上就察覺了這一點。

不知經過多久的沉默，一名持久力驚人的跑者迅速跑過我們身邊，甚至還捲起了風，大日向這才回過神來地說道：

「如果千反田學姊原本不知道，那她是跟誰問來的？」

「沒問任何人。」

「這裡不好講話呢。」

我也這麼覺得，兩個人杵在賽道旁畢竟太顯眼，所以我事先想了腹案。我的視線指向不遠處的舊民宅之間，一條被木圍籬圍繞出來的小巷。

「有另一條路可走。」

「什麼？」大日向相當錯愕：「另一條路？這可是馬拉松大賽耶？」

「是星之谷盃。當然，如果妳打算留下長跑紀錄，我不會勉強妳。」

大日向看了看我指出的小巷，再看了看延伸至橋另一側的賽道，最後看了看路上的跑者，稍微思考一下，很快便得出結論。

「好哇，走吧。有點興奮呢。」

總不好讓其他人發現我們遠離賽道，我和大日向逮住前後不見神山高中跑者的一瞬間，悄悄地鑽進了小巷裡。

2 現在位置：18.6km處。剩餘距離：1.4km

「所以咧？這條路會通到學校嗎？」

大日向被帶進不熟悉的巷子，理所當然會感到不安。

「這條路會通到荒楠神社，然後在那邊接上賽道，算是捷徑哦。」

「捷徑啊……」大日向悄聲嘀咕著，看來她還是很在意離開了賽道，「折木學長是個不受拘束的人。」

沒那回事，要不是情勢所逼，我也會規規矩矩地沿著賽道跑完全程，實在是想不出別的法子才出此下策。

我和大日向慢慢走著，現在已經沒必要趕著跑步了。

這巷子是一條很窄的柏油路面，無法讓兩人並肩行走，陽光也照不進來，一旁的水溝流過了水。

「啊，有貓。」大日向低喃。我應聲一看，的確有隻貓窩在木圍籬上，是一隻很瘦的橘色虎斑，我才心想：「是貓呢。」貓兒便一個翻身，消失在圍籬的另一側。

「學長你不喜歡小動物吧？」

「沒想過這問題。爲什麼這麼覺得？」

「因爲小動物很麻煩，而學長你不是很怕麻煩嗎？」

後面這一點倒是說對了。不過我從不覺得自己討厭小動物，雖然也不是特別喜歡就是了。

「這是妳單方面下的結論吧。」

「……是啊。」大日向微微壓低聲音，「我就是這種個性，對很多事都會忍不住單方面下結論。」

「比方說？」

「比方說，我覺得你說千反田學姊什麼都不知道，只是爲了掩護學姊而撒的謊。因爲如果沒有任何人知道那件事，學長你也不可能知道吧？」

在這場星之谷盃，我思考了許許多多關於大日向的事，雖然不敢說認識她多深，但唯有一點我可以肯定，一如她所說，這位一年級女生看待事情時有些習慣一廂情願地下結論。

「不，仔細思考，很多事情意外地都能看出端倪哦。」

「眞的嗎？」大日向如此回應之後，幽幽地說：「可是我啊，應該沒說過我之所以決定退社是千反田學姊的錯哦。」

「妳是沒有直接講，可是妳跟伊原說了什麼『外表宛如菩薩』吧？」

「那不是讚美嗎？」

如果眞的是讚美，妳現在就沒必要低著頭講話了。

「外表宛如菩薩，就是說內心宛如夜叉，是吧？」

大日向落寞地抬起臉，苦笑道：「人家故意不明講，你就配合一下裝作沒聽出來嘛。」

「二年級生是曉得很多事情的。妳要是不想讓別人聽出來，就應該用更難聽懂的方式講。」

「譬如用俄羅斯語？」

「譬如用俄羅斯語。」

腳邊有顆小石子，大日向一腳踢飛石子，輕嘆了口氣，「被聽出來了啊。如果眞的不是千反田學姊跟你說，學長，請告訴我，我哪裡不對了？」

「我沒說妳不對吧？」

「你只是繞了個圈子講啊。」

我會知道大日向那件事，不是從千反田那兒聽來，而是透過回想大日向的言行舉止而整理出來。但要是不說明整個推理過程，大日向不會相信我說的話。我明白這一點，可是難就難在不知該從何講起。

「好吧，我們從哪裡開始講呢？」

「從第一次見面的時候如何？」

那的確是最容易切入的點。

「可是那樣會說很久，我想簡短地把事情講清楚。」

「慢慢聊有什麼關係？反正我們……」大日向思索了數秒之後，露出帶著自嘲的複雜笑容說：「……都已經偏離正道了。」

幹麼講成這樣，就說等一下一定會回到賽道上啊。

不過，中途蹺掉學校的活動也是事實。上午的小巷子裡不見任何人影，連方才貓兒在的地方都沒傳出絲毫聲響，唯有我們兩人的腳步聲與談話聲迴蕩在木圍籬間。

「好吧，那我就從頭開始講，也就是贏新祭那一天。」

大日向一聽，轉頭直勾勾盯著我的側臉等我說下去。我心裡嘀咕著幹麼一直盯著我地開口了：

「贏新祭那天我和千反田聊著沒什麼意義的事，妳卻跑來一旁聽著。現在回想起來我還是覺得很不可思議，妳怎麼會在那麼不起眼的攤位停下腳步。」

「那才不是沒意義的事呢，說不定還救人一命了，不是嗎？」

她這麼說也不無道理。說不定我和千反田在中庭的對話意義深遠，畢竟那次食物中毒事件聽說還滿嚴重。不過就現在要談的正事來看，那部分怎樣都無所謂。

「在那次事件當中，我得到的最大提示來自妳說的一句話。」

「咦？我嗎？」大日向指著自己，「我說了什麼了？」

「我不記得確切的用詞，但大意是『背後有鬼的傢伙是不敢報上名的』之類，當時因爲妳這句話，我才留意到製菓研沒擺出看板。」

大日向眼中露出些許欣喜，「我想起來了，的確有那麼一段呢。」

確實感覺是好久以前的事了，明明至今還不到兩個月，當時的千反田和大日向都笑得好燦爛。我差點陷入回憶之中，連忙硬把思緒拉回現在。

「可是我更在意的是妳當時的開場白。妳是這麼說的——」我做了個呼吸才繼續：「『我朋友說』。」

「……你記憶力眞好。」

「因爲我聽到的當下，還在想這是妳的意見吧。」

在星之谷盃的途中，我曾問里志，假使我說：「我朋友說，總務委員可以不用跑星之谷盃，實在太不公平了。」他聽在耳裡作何感想？里志的回答是：「好意外，沒想到奉太郎你會這麼想。」非常標準的回答。

「當要說出難以啓齒的事時，人們常會做一個小動作，就是拉出虛構的第三者做緩衝再說出眞心話，譬如『人家跟我說的』、『外頭都在傳』、『我偶然間聽來的』，一方面是希望給別人一種印象：『這話不是我說的哦，我是不這麼覺得啦』……嗯，也就是有點要小聰明的說話方式。」

「什麼耍小聰明？講得那麼迂迴，」大日向露出苦笑，「你就直接說是卑劣就好啦。」

「我自己也沒有行事光明正大到有資格講別人怎樣呀。」

我們走在巷子裡，而眼前道路依然漫長。這時，我的眼角瞥到什麼東西一閃，仔細一看，原來是晒在木造民房陽臺上的衣物隨風翻飛。

那麼，大日向是否也用上了耍小聰明的說話方式？我一直以爲是的，但是——

「但是，妳的說法卻不屬於這一類。」

大日向沒吭聲。

「妳口中的『我朋友說』，**這位『朋友』並非虛構的第三者，而是實際上存在的人。**雖然不見得妳每次用『我朋友說』當擋箭牌時的狀況都是這樣，但至少幾次的發言，都是妳那位實際存在的『朋友』說過的話。」

大日向用一副不置可否的態度，極爲冷靜地看著我說：

「爲什麼你會這麼認爲？」

「因爲妳的行爲和妳『朋友』的意見相互矛盾。如果妳只是藉著妳『朋友』的名義表達自己的主張，不會發生這種狀況。」

「曾經有過……什麼矛盾嗎？」她低著頭，虛弱地囁嚅。

「四月最後的星期六，下午兩點以後。」

「我不記得了，不過把日期時間講得這麼精準，是學長你慶生會那天吧？」

「是的。再次感謝各位那天幫我慶生。」

「沒聽過比這更不帶感情的致謝了。」

即使雙方以開玩笑的語氣對話，刺探彼此的緊繃氣氛絲毫沒有減緩。雖然我的語氣不到冷漠無情的地步，然而接下來的話，我說得非常慎重：

「我記得那一天我提議叫披薩來吃，畢竟五個人當零食分著吃剛好，但後來卻不了了之。妳記得爲什麼嗎？」

「嗯，我記得。」大日向抬起臉，很快回道：「因爲伊原學姊不喜歡吃起司。」

我點點頭。

「沒錯。對了，那傢伙說什麼起司她完全吞不下去，但起司蛋糕還不是照吃。」

「是哦？」大日向調皮一笑，「原來你們一起吃過呀。」

無須回應無聊的探問。儘管我和伊原之間不熟歸不熟，但認識了十年以上，總會遇到很多共同的狀況，像學校營養午餐也會出現起司蛋糕什麼的。

「那時候妳說了什麼，還記得嗎？」

大日向輕輕點了頭。

「我一聽說伊原學姊也不喜歡吃起司，就說了：『腐敗的橘子和牛奶都該直接扔掉。』」

我能理解每個人對於食物各有好惡，但好好的食物被講成這樣，這意見也太偏激了。因此我對這段對話留下了深刻的印象。不過大日向當時的發言不止如此。

「妳在這句話之前也加了『我朋友說』。」

「有嗎？」大日向應該想起來了，卻裝傻說：「我不太記得了耶。學長，沒想到你相當注意小地方嘛。」

「妳不是也記住了伊原不愛吃起司嗎？別看我這樣，人家不愛吃什麼我還是會記下來的，要是應該知道還拿給人家吃很失禮啊。」

「……那倒是。」大日向搔了搔臉頰，有些害臊地笑了。

我們走到了巷子底，接著繞過鐵皮牆的民宅繼續前進。路邊的水溝裡奔流著大量的水，淙淙聲響聽起來倍感涼爽。

「所以那時候我以爲是妳不喜歡吃起司，因爲一直認爲妳口裡的『我朋友說』都是妳自己的意見。因此後來到了妳親戚那家開張前的咖啡店時，我才覺得有件事很不可思議。」

講到這，大日向似乎也心裡有數了。

「原來如此，是那時露餡了啊。我眞夠笨的。」

「我理所當然地認爲妳會點原味生乳酪。沒想到預測錯了，我還滿訝異的。」

當時，大日向表哥的咖啡店裡現有的食物只有司康餅，而搭配的塗醬是果醬和生乳酪。果醬有兩種口味，生乳酪則是有原味和馬士卡彭生乳酪兩種。

我不記得每個人各點了什麼，但印象最深的事有兩件：一是四種可能的排列組合我們全點了，眞是給老闆添了麻煩；二是，曾經說出「腐敗的橘子和牛奶都該直接扔掉」如此嚴厲意見的大日向，卻點了起司風味的馬士卡彭生乳酪。

「我就是那時發現了矛盾。不過話說回來，要是我一開始就坦率地相信字面上的意思，也就沒什麼矛不矛盾的問題了。」

既然大日向一開始便明白表示話是「我朋友說」的，我就該坦率相信這是出自她朋友之口。是我自以爲是地加以解釋才會出現矛盾，說穿了根本是想太多。

「妳有個『朋友』在，而且那個人和妳不一樣，是討厭吃起司的人。」

大日向咬著脣，一聲不吭。

連這種時候一般該有的反應：「別看我這樣，我也是有朋友的。怎麼？有朋友不行嗎？」她也沒說出口。

她的沉默正清楚說明了一切——大日向不希望別人知道她那位朋友的存在。

巷子分成幾條錯綜的支線，我們甚至得穿過僅容許一人通過的窄巷。更令人驚訝的是這種窄巷的牆上仍貼有標示街名的牌子，代表如此狹窄的地方也是市街的一部分。我正大感佩服時，身後的大日向開口了：

「這出去眞的會到大路上嗎？有點怪怪的耶。」

她努力裝出談笑的語氣，但聲音裡依然聽不見平日的開朗。

「我騙妳幹麼？」

「就是問你想幹麼呀。」

「哪知道啊，我又沒騙妳。」

總之這麼窄的巷子裡沒辦法好好談話，我和大日向穿越窄巷，又閃又跨地通過擺在巷裡的盆栽，終於來到一條比較像樣的大路上。我們兩人都鬆了口氣。

走到緩坡的途中，大日向左右張望之後嘀咕道：

「這裡是哪裡？」

我不知道怎麼解釋地圖上的相關位置，只粗略地回她：

「等一下就知道了。」

進入下坡路之後，大日向跟上前與我並肩走著。

方才的談話只講到兩個結論：大日向有個朋友，以及大日向數度引用她朋友講過的話。可是關於她那位朋友，我還知道其他的事。

「話說妳那位『朋友』，是中學時代的朋友吧？而且交情非比尋常，可能是妳在補習班認識的，或是三年級才轉來鏑矢中學的轉學生，而且那個人現在不是就讀神山高中。」

我突如其來說出推論，讓大日向緊緊蹙起了眉頭，眼神透露出強烈的懷疑。我不得不再次重申：

「不是千反田告訴我的哦。」

「可是你絕對不可能知道這麼深入啊。」

「進了神山高中之後還沒交到朋友，不是妳自己說的嗎？有一次我跟妳跟里志三人放學之後一起走回家，我記得妳是這麼說的。既然高中還沒朋友，妳那位『朋友』肯定就是中學時代認識的了。」

某個放學後的下雨天，我和里志正要走回家，偶然在校門附近和大日向對上眼，而她說：「還沒交到朋友呢。」於是變成三人同行。我清楚記得當時自己還暗忖：「沒交到朋友？可是這學妹看上去很容易和人打成一片啊？」

「那是因為——」

我蓋過她的話：

「但妳那句話的意思，不是說沒有可以聊天的對象；而是妳在班上有交情很不錯的同學，但妳不認為那些同學稱得上『朋友』罷了。」

我頓了頓想等她的反應，但是大日向僅是沉默。

要是我此刻受她影響也閉嘴不說下去，之後再開口需要相當的勇氣。而且實際上，光像現在這樣對她說明，就讓我心情變得沉重不已。

直到昨天還能夠和睦聊天的社團學妹，現在卻不得不去深入人家的所思所感並予以分析，我不由得強烈質疑自己是否偉大到夠資格這麼做，腳步也跟著停了下來。然而此時我只能繼續下去。

「接下來的部分昨天才發生過，我們彼此應該都記得很清楚。我在通往社辦的走廊上遇到妳，那時候我們聊了一下，是吧？雖然講話內容也另有含意，不過我當時注意到的是里志的妹妹和妳同班。」

大日向知道里志和伊原在交往，就算不清楚詳情，她也曉得里志似乎做了什麼對不起伊原的事，告訴她的正是里志的妹妹。

「我覺得里志的妹妹是個相當怪的人，妳卻覺得還好，但我怎麼都想不透正常人會對不熟的人聊起自己哥哥的戀愛八卦。

妳從里志妹妹的口中聽說了里志的八卦，表示妳和里志妹妹是能夠聊到這種深入話題的交情，加上妳還說妳們會一起吃便當，對吧？然而妳連她都稱不上是『朋友』，從頭到尾只說是『班上同學』，我當時就覺得有點奇怪了。」

身後一輛小卡車朝我們所在的下坡方向駛來。雖然路幅是寬的，但我爲了安全起見還是走到大日向的前方，排成前後一列等車子過去。陽光迎面射來，我之前偶爾會走這條捷徑，卻一直沒發現這道坡面向南方。

感受著車子排出的廢氣氣味，我們再度並肩前行。我語氣平靜地繼續說下去：

「因爲一些陰錯陽差，我去年陸陸續續被捲入幾起麻煩事裡。期間我做了一些思考，發現了一些事；也有幾次到最後是由我負責讓事情圓滿落幕。而那種時候，里志有時會喊我『大偵探』，我卻很討厭這個叫法，總覺得有點丟臉，一點也不想被那樣叫。

出於個人的堅持而不使用某些詞彙，這一點妳應該和我是一樣的脾氣。對妳而言，『朋友』不是能夠輕易冠上的稱呼。入學還不到兩個月，即使是聊到深入話題的同伴、即使是一起吃午餐的交情，妳卻不肯把這個稱呼冠在里志妹妹頭上，因爲妳覺得這種程度還算不上『朋友』，我說的沒錯吧？」

我應該再早一點察覺這個詞對大日向而言具有特別意義。那個下雨天的放學路上，大日向明明很清楚地說過，現在對她而言最重要的是「朋友」。這點再度證明我又犯了不坦率相信人家說話的毛病，最後害自己繞了一大圈。

大日向開口了，悄聲囁嚅：「我……」

但她終究沒說下去。

我拚命壓抑想嘆氣的衝動，重點還在後面。

「那麼，具有這項堅持的妳口中的那位『朋友』，究竟是什麼樣的人呢？可以確定的是那個人並沒有就讀神山高中。」

不過這也沒辦法。從中學升上高中時，我和幾個交情不錯的朋友也都各奔東西，繼續相處的大概只有里志了。

說是這麼說，但我一時也想不起除了里志之外，我還有哪些交情不錯的朋友。眞是無情的傢伙。

一旦分隔兩地，人們只會漸行漸遠吧？又或者我眞的比較冷漠也說不定。

不知何處飄來味噌湯的味道。柏油路上留著水痕，可能是附近住戶爲降溫灑的水，而被初夏的太陽一照，已經蒸發得差不多了。我沒想到上午時分這一帶的路上幾乎不見人影，原本做好了可能會被鄰居撞見的覺悟，甚至連藉口都想好了，卻沒遇到半個人，唯有日常生活的痕跡映入眼簾，感覺有些奇妙。畢竟要不是這次的事，我在平常的上課日子根本沒機會到外頭的街上閒晃。

「我從千反田口中聽到的只有昨天妳們在社辦聊了什麼，如此而已。」

我宛如自言自語一般地娓娓道來：

「妳們聊到了伊原退出漫研社，對吧？千反田支持伊原退社，可能還鼓勵她退社；至於我因爲不清楚漫研社內部事情的來龍去脈，既不贊成也不反對，不過我看得出來伊原退社後心情好多了，這一點應該算是好事吧。

然而昨天放學後，妳明顯抱著做個了斷的心情前往社辦。妳下定決心要擺脫始終懸在半空的心情，前去找千反田試圖確認事情，是想確認伊原的事嗎？因爲妳覺得伊原應該繼續留在漫研社，所以打算和贊成伊原退社的千反田劃清界線？」

這當然是反話，連大日向也立刻有了回應：「不是的。」

「如果是讓妳必須下那麼大的決心才能做出了斷的事，我怎麼都不認爲妳會突然興起，在昨天放學後的短短時間內當場攤牌，我想妳在之前就旁敲側擊過，或者至少有些前兆才是。

於是，我試著回想妳是否曾經唐突地對千反田提過什麼沒頭沒腦的問題，我發現答案是肯定的。上次我們去妳表哥的咖啡店時，妳說千反田人面廣，還問她認不認識某某人，千反田則知道她是神山高中一年級的學生。」

「我問的是阿川，一年A班的阿川佐知。」

「我不認識她。不過妳當時會這麼問，只是因爲妳想確認千反田究竟人面廣到什麼程度，對吧？」

大日向一聽，露出有點悲哀的神情看著我：

「折木學長你應該也認識呀，那位阿川。」

「千反田也這麼跟我說。那位阿川是今年入學典禮負責新生宣誓的女生代表吧？我只知道這一點，算不上認識吧。」

「不止這一點吧？」

我停下腳步看向大日向。

「若說還有我該知道的理由，就表示她也是鏑矢中學畢業的？」

「沒錯。」

因爲是大日向認識的同年級學生，所以極可能是鏑矢中學的人。但我和千反田不一樣，沒事不會去記八竿子打不著的學弟妹名字。或許是因爲我的根據只有這一點，大日向語帶責備地說：

「她是保健委員長。學長你眞的一點印象都沒有嗎？」

「有過這號人物啊……」

我中學三下時，曾經被班上同學推出去當保健委員。不過由於三年級生大考在即，不會被分配到什麼實質的工作，而且委員長一向是由二年級生擔任。原來我那屆的委員長是叫這名字啊？

不過這麼一來，我又確定了一件事。

「我可以講得更精準一點，妳想確認的是，印地中學出身的千反田廣闊的交友範圍，是否連鏑矢中學的學生都包括在內。我記得當千反田旋即回說認識的時候，妳似乎受到很大的打擊。」

那個時候，大日向可能預測千反田會回說「不認識」吧，卻得到完全相反的回答，因而驚愕得說不出話。不，或許那算不上是預測，而是期待；大日向期待即使是人面廣的千反田，也不至於認識到關係那麼遠的人。

「這就要怪里志的講話方式不對了，那小子講得好像千反田認識神山市的所有住民似的。我必須再次強調，關於那位阿川，千反田只知道她是入學典禮時上臺負責新生宣誓的代表而已。」

我當然很習慣里志那小子誇張的說話方式，所以總會先打個折扣再聽進耳裡，但今年開學才初次接觸福部里志的大日向，會將聽到的內容全盤接受也是無可厚非。

然而大日向輕輕搖頭。

「很難說吧？而且不是福部學長怎麼說話的關係。實際上，千反田學姊就認識折木學長你的朋友不是嗎？她說過自己去借了鏑矢中學的畢業紀念冊來看；而且她還曉得福部學長中學時曾經在廣播室裡唱歌的事。」

「妳在害怕的是，千反田可能連妳那位『朋友』的事都曉得吧？」

沒有回應。

換句話說大日向還不打算把所有的事告訴我。

那位朋友對大日向而言很特別，特別到她三不五時會引用對方說過的話，但她卻不希望別人知道那位「朋友」的存在。這時卻冒出了一位千反田，熟知我和里志的過去，而且透過里志誇張的言詞表現，千反田在大日向的印象裡成了一個人面廣到不行、心機深不可測的學姊。

「那時候，我就察覺妳對千反田心懷恐懼了。」

「那時候？」

「妳不記得了嗎？」不過我說歸說，其實連自己也想不起來那件事發生在哪時，不過內容我記得很清楚：「那次我們聊到伊原講話很毒，但從沒對千反田講過一句重話，妳居然問說是不是因爲千反田手中握有伊原的弱點。當時妳的臆測太離譜，我和里志連否認都懶得講出口。那時我很訝異妳哪來這種怪想法，但現在我有答案了。」

因爲大日向恐懼千反田手中不僅握有伊原的弱點，還有她的。

「唯獨對千反田，妳始終懷有戒心。可是正常來講，有可能認得妳『朋友』的不是千反田，而是我、里志和伊原才對，畢竟是同一所中學出身的。」

「嗯，所以……」從語氣聽來，大日向似乎放棄掙扎了，「所以，你剛剛才會說，要不是在補習班認識，就是三年級才轉來鏑矢的轉學生？」

「沒錯。要不是妳在鏑矢中學以外的地方認識的，要不就是我們畢業之後才轉學過來的。總之妳很樂觀地覺得我們幾個鏑矢中學的前輩都不認得妳『朋友』，唯一要小心的就是千反田。」

回過神時，我發現自己無意識間輕嘆了口氣，而似乎連這聲嘆氣都令大日向恐懼，只見她微微縮起身子，我的眼前已不見那個好強活潑的學妹。

「確定這一點之後，我再回頭去想昨天放學後妳們的對話，眞相的輪廓就出來了。千反田當時會講到伊原，不是出於算計或另有意圖，只是單純地聊起伊原的事。

然而話聽在妳耳裡卻完全是另一回事。妳因爲不曉得千反田究竟知道得多深入，所以恐懼不已，一顆心懸在空中，而當妳不著痕跡地切入一問，得到的回答卻直指千反田完全掌握了內幕。妳抱著攤牌的決心衝進社辦出了一道測試性的問題給千反田，而她的回答在妳聽來卻相當於某種暗喻。」

疑心有可能生暗鬼。

一廂情願地下結論，也可能讓千反田宛如夜叉。

這就是她們兩人之間誤會的全貌。

「妳們昨天那段談話，千反田想講的重點很單純，她覺得漫研社對伊原而言有害無益，就算是教伊原保護自己也好，她認爲退社是正確的抉擇。但妳的反應卻是：『可是也不能因爲這樣就拋棄好朋友呀！』怪就怪在妳用了『拋棄』兩字。眞要說起來，伊原等於是被漫研社趕出門的，那麼妳怎麼會用上這個字眼呢？」

我嘆了口氣。

「如果我講錯了，妳再糾正我。」講完開場白，我說：「是因爲妳把千反田的那番話，解讀成她勸妳還是拋棄妳那個『朋友』比較好，是吧？」

大日向虛弱地抬眼看向我說：

「你爲什麼能夠肯定，千反田學姊那番話不是這個意思呢？」

大日向的話聲沙啞，感覺她也對自己說出的話沒了把握。

「……我問妳啊，妳知道千反田覺得妳是爲了什麼而退社嗎？」

看大日向的眼神，她似乎心裡有答案，卻沒說出口。

「那傢伙一直以爲是因爲她擅自動了妳的手機，妳一氣之下當場決定退社的。」

「咦？」

「很難相信吧？都已經是念高二的人了，還哭喪著臉、認眞地講出這種話。那傢伙打算今天跑完馬拉松之後就去找妳道歉，說昨天很對不起妳，擅自動了妳的手機。」

大日向雙眼睜得大大的，試圖擺出笑容，喉頭發出的卻是嗚咽般的悶響。

她轉過身，肩頭顫抖著。

我很希望那是因爲發笑而起的顫抖。

3 現在位置：18.9 km處。剩餘距離：1.1 km

視野開闊了起來。

我們走出住宅區的小巷弄，來到荒楠神社的參道前，大路兩側商店一家接一家。正月和春秋祭典時想必是人山人海的這條路，此刻卻一片靜寂，唯有旗幟鮮明地映入眼簾。

「原來通到這裡啊。」

大日向低喃。似乎這時才終於相信我的話。

「這條路沒有岔路，直走就會回到賽道上了。這下安心了吧？」

「哎喲，人家又沒有懷疑你。」

是嗎？

接近正午的太陽照著我們，投落在柏油路上的影子異常清晰，夏天就快到了。

「學長。」大日向舉起手指著一家店，店門前設有鋪著毛氈的坐檯和一把大型和式紙傘，「我想吃糯米丸子。」

「妳在講什麼？」

「因爲累了，我要吃丸子。」

大日向自顧自說完便朝店門走去，我連忙追上。

「等一下，再怎麼說現在還是上課時間耶。」

她頭也不回地說：

「反正課都蹺了，還講這種話，橫豎是死就死得痛快一點！」

「妳身上有錢嗎？」

大日向這才轉過頭看向我。

「學長你不是有帶嗎？」說著笑了，「口袋裡的零錢一直發出聲響哦。」

我爲了跑步途中可以買飲料補充水份，確實帶了點零錢在身上。

「妳的單方面下結論眞的是一發不可收拾耶。錢要是不夠怎麼辦？」

「啊，對哦，我沒想過。不夠嗎？」

我伸手進口袋拿出零錢一看，只有百圓和十圓硬幣，加起來共兩百四十圓。

大日向挑的這家糯米丸子店很有良心，處於觀光區內卻沒有拉高定價，牆上張貼的和紙寫著「一串八十圓」。

「……夠耶。」

「搞定。」大日向小跑步到店頭喊道：「老闆娘，我要三串丸子。」

把錢全用光啊！是說，怎麼最後變成是我請客？我腦中不斷冒出問號，不過算了，點都點了，就有點學長的樣子慷慨一下吧，雖然只是一串八十圓的小請客。

老闆娘是個感覺人很好的老婆婆，一身運動服的我們怎麼看都是蹺課的學生，老闆娘卻只是瞥了一眼沒多問，對大日向說：「有御手洗（註）和艾草兩種口味哦。」

「艾草的三串。」

「我想要御手洗的。」

「甜醬沾到衣服的話很難弄掉哦。」

這麼說也是。這人怎麼在奇怪的點上特別細心。

後來就莫名其妙地成了這副景象——我和大日向一同在店前坐檯上吃著艾草丸子串。

我不喜歡艾草濃厚的草味才說想吃御手洗丸子，沒想到咬了一口，草香透進胸口，淡淡甜味滲入全身。

「啊……活過來了……」

大日向低喃著，我也不禁點頭贊同，確實有活過來的感覺，雖然這一路下來的長跑我壓根是隨便跑一跑做做樣子，但看樣子會累的事情做了就是會累。

一串共有五顆丸子，大日向吃了兩顆之後，抬頭望天嘆了長長的一口氣。

「啊——暢快多了。好久沒這種感覺了。」沒想到她接著說：「學長，你還有故意不提的事吧？」

「妳說關於丸子嗎？」

「想也知道不是吧？」

嗯，想也知道不是。先前的推理確實缺了一大段沒解釋，我沒打算提，大日向卻自己開口了：

「我有個不想讓人知道的『朋友』，而我一直覺得千反田學姊知道我和那個人的事而恐懼不已。那麼，你覺得我爲什麼不想讓別人知道那個『朋友』的存在呢？」

「想不透呢。」

「又騙人——不，應該說，如果要講善意的謊言，也麻煩你編得漂亮一點。」

我沒吭聲，默默望著自己手中的丸子串。

被大日向看穿了。我的確已經大致發現問題眞正的癥結點，或者該說正因爲察覺了這一點，才有了之後一連串的推理。

但我不打算去碰那個癥結點，因爲那是大日向極力想隱瞞的事，我也沒必要特別告訴她我知情。

註：糯米丸子串的經典口味，將糯米丸子刷上甜醬油烤過。

「唉，事情怎麼會變成這樣呢……」

大日向嘟囔著，又咬下一顆丸子。

接著她開始述說：

「她呀……那個人，是個好孩子哦。學長你猜對了，那個人是三年級才轉來的，個性很特別，在班上沒朋友，感覺也沒打算交朋友，總之是個自我意識非常強的人。

那個人是我交到的第一個朋友，可能也是我在這鎮上唯一的朋友吧，那個人也是這麼說的。然後我們約好了永遠不分開。」

「很難做到的約定啊。」

「那時候不這麼覺得呀，因爲我腦子不好。」大日向調皮一笑，「再怎麼說不過是中學生嘛，那個年紀眞的很傻。」

眞敢講，明明自己兩個月前還是中學生。

「在學校裡，別人都看不出我們感情很好，有點類似祕密交往的感覺吧？所以我想和我同班的同學也沒人知道我們的事。而且那個人在校外很吃得開哦，玩得很瘋，也在玩團，我們一起去聽演唱會、她還教我打撞球，而我會知道學長慶生會上拿出的『Mille Fleur』是高級果醬，也是那個人教我的。之前我說我的黑皮膚是去滑雪晒出來的吧？一開始帶我去體驗滑雪旅行的也是那個人，那時眞的玩得很開心。」

「不是玩單板嗎？」

「就說是雙雪板啦！」

我因爲奉行節能主義，對玩樂一無所知。

但我很清楚一件事——玩樂需要錢。

大日向是跑去岩手縣滑雪，演唱會則是從仙台一路追到福岡，之前每當聽到她說去哪兒玩樂，我都很好奇她的錢是從哪裡來的。

我的姊姊雖然隨心所欲地跑去世界各地玩，但她都是在自己賺到旅費之後才出發，但我不覺得身爲一介中學生的大日向負擔得起這些花費，本來我想可能是她家境還不錯，不愁沒零用錢，但後來在「步戀兔」聽到她的抱怨又覺得不是這麼回事。

「因爲這樣……錢就一直燒一直燒。」大日向勉強揚起嘴角笑了。

「記得妳家裡不准妳打工吧？」

「就是說啊，還是嚴格禁止哦。」

「但是卻准妳去旅行？」

「有人陪就可以，簡單來講就是不信任我啦。」接著大日向像是此時才突然察覺似地嘀咕著：「不過就算家裡准我打工，我也不知道該不該爲了享受那樣的玩樂而打工……」

我想大日向說「玩得很開心」也不是謊話，只不過爲了玩樂擺闊，似乎無法讓她打從心底覺得高興。

「就算我跟那個人說：『抱歉，我現在手邊沒錢。』那個人也聽不進去，說什麼因爲朋友是特別的存在，錢想辦法弄到就好，朋友之間的玩樂一定要在一起才行。可是我沒錢就是沒錢，一方面升學考又快到了，我正煩惱著，那個人卻說了：『交給我吧。』還說：

『因為我們是朋友呀。』」

即便只是中學生，要弄到錢還是有很多方法，問題只在於做或不做。

大日向說到這後遲遲接不下去，想必是因為很難下定決心把之後發生的事說出口吧，這種時候我似乎推她一把比較好。

「……有某個話題不想被提起的時候，眼前偏偏又有讓人聯想到那個話題的東西在，這時該怎麼處置那樣東西，的確是很傷腦筋。」

大日向似乎不明白我想說什麼，一臉納悶地偏起頭。

「若讓那個東西繼續擺在原處，難保不會有人因為看到它，聯想起自己不想提起的話題；可是如果把東西藏起來，又可能因為東西突然不見而引起別人的注意，察覺到那個東西曾經存在。」

好比我慶生會的那天，直指「千反田來過我家」這項事實的招財貓就曾經讓我不知如何處置。若繼續擺在茶几上，難保話題不會聊到那件事上頭；但若刻意移走又更顯得此處無銀三百兩。

「後來千反田來的時候，有個東西被蓄意藏起來了。我在發現這一點後就多少猜到是怎麼回事。」

「千反田學姊來？什麼時候的事？」

「我們去咖啡店的時候。」

大日向當時也許真的是下意識把東西藏起來，所以一時想不起來我在說什麼，但沒多久，她睜大雙眼，用力地盯著我。

「啊！對哦。學長，你連那種小地方都察覺了？」

在那家咖啡店裡，大日向曾藏起一樣東西——

雜誌《深層》。

記得是里志吧，瞄到雜誌架上有一本《深層》，便請大日向拿給他，但因爲雜誌架塞得滿滿的，所以她不得不伸出另一手壓住其他雜誌才得以將《深層》抽出來。

而在千反田到店裡會合之前，我們幾個聊起了天氣預報。我忘記當時究竟在爭論什麼，但在離開咖啡店時，我爲了證明自己的論點，抽出了雜誌架裡的報紙查看天氣預報欄，然而那時我僅是伸出兩指夾住報紙就輕輕鬆鬆地將之抽出來了，**因為那裡多出了原本放《深層》的空間**。

換句話說，雜誌架裡的《深層》消失了，而且當然不是誰擺在吧檯上沒收起來，我會感到奇怪的原因也並非是東西消失到哪兒去，畢竟要藏總會有辦法；我感到奇怪的是東西爲什麼會消失。我不覺得這是巧合，肯定是誰刻意藏起來，那麼爲什麼要刻意藏起來呢？我思考的就是這一點。

「水壺社事件……里志之所以提起那起詐財，是因爲發現雜誌架裡有那本《深層》，然而千反田過來會合時，《深層》已經不見了。」

「是我做的，我想起來了，我趁著去洗手間的時候，不著痕跡地把雜誌收起來了。眞沒想到居然會在這種小地方露了餡。」大日向故意嘆了口氣，「看來我該防的不是千反田學姊，而是折木學長你才對。」

「講這什麼話，我不是請妳吃丸子了嗎？」

「這個眞的很好吃呢。」大日向又吃掉一顆丸子，她那串烤丸子只剩最後一顆了。

「我眞是有夠蠢的。就算讓那本雜誌放在原處，大家的話題也不一定會聊到那上頭去。」

「是啊。」

「我到底在幹什麼啊。連自己在做什麼都搞不清楚了……」大日向咕噥著，接著朝我輕輕點了頭說：「既然折木學長你已經知道大概了，我就直說了哦。那個人的祖父非常有錢，是大戶人家。如果千反田學姊只是單純人面廣，我還不擔心；我擔心的是學姊不是名門出身嗎？那些名門之間都有長年的往來什麼的，說不定學姊會微笑著說：『哦，前幾天我才去那戶人家打過招呼呢。』」

確實有可能。

「學長你猜對了。我那個『朋友』騙了自己的祖父，弄到一筆錢。」

「很大一筆嗎？」

「很大一筆。」大日向望著手上只剩一顆的烤丸子串，「我眞的很害怕。不是說怕警察，就算事跡敗露而警察找上門，抓也是抓那個人，跟我無關；我怕的是那個人。那個人只要能跟『朋友』在一起，可以不擇手段，就算犯了罪也一樣笑嘻嘻地不當一回事，而對方所認定的『朋友』就是我。我一直在思考，這樣眞的是對的嗎？我們對於彼此距離的認知似乎出了錯。我一直在想這件事。」

明明溫暖的太陽高掛天空，大日向卻身子陡地一顫。

「那個人知道我考上神山高中後，講了很多話酸我，『哎喲？原來妳是那種人啊。』或是『所以妳一開始就是騙我的嗎？』之類的，因爲那個人考神山高中時差了一點分數落榜了。後來我們再次約定，就算高中不同校也依然是永遠的朋友，然後就畢業了。我進了高中後才察覺到自己眞的鬆了一大口氣。」

大日向稍稍提高了聲音。

「不過，這種事眞的很誇張吧？即使是扭曲的情感，那個人始終認定我是唯一的『朋友』。如果那個人走偏了、做了不對的事，我不是應該好好糾正那個人才對嗎？我無法拋棄那個人，也不可以那麼做，這是做人的基本道理——我不斷這麼告訴自己。

但即便如此，我還是害怕著那人所犯下的罪會不會曝光？我和那個人是『朋友』一事會不會被人知道？一想到哪天會從千反田學姊口中聽到：『妳和那個人是朋友吧？』我一定連學姊的臉都不敢看了。」

說到這，大日向低頭看著柏油路，然後用力地大喊：

「我……我眞是大笨蛋！」

「請用茶。」丸子店的老闆娘送茶過來，我們道謝後接下，但不能再坐下去了。如今心裡暢快了，捷徑也抄了，終究要跑回終點才行。

我站起身，看著仍坐著的大日向說：

「妳如果能回社團，千反田會很開心，當然伊原和里志也是。」

然而大日向只是抬起臉，淡淡一笑搖了搖頭說：

「我妄想著自己是被害者，還牽拖到千反田學姊的頭上，甚至說了很難聽的話，你覺得我還有臉面對她嗎？」

「只是一時的小騷動，大家很快就忘了，千反田那個人不會放在心上的。而且我們說不定能幫上妳一點忙。」

我也知道她短時間內不可能回到社團。我的推理或許解開了大日向和千反田之間的誤會，但這僅是證明了大日向的煩惱與千反田無關；我所做的無非只是告訴大日向：「妳心裡可能受了傷，但那不是我們的錯。」

不出所料，大日向再次搖頭。

「我總有一天得向千反田學姊道歉才行，不過現在我還沒辦法和她待在一起。」

「這樣啊。好吧，那我先走了。」

我才轉過身，大日向就叫住我：

「學長，你記得嗎？之前古籍研究社在學校中庭招生時，我說了什麼之後才入社的？」

我沒回頭，應了聲：「不記得了。」

看不見大日向的臉，但我知道她笑了。

「又騙人。」

她爲什麼知道呢？我就那麼藏不住內心的想法嗎？

「我最喜歡看到要好的朋友了。這是眞的，所以，學長……這兩個月來，我眞的從你們身上得到了非常多的救贖。」

我這時或許該回頭對她說：「妳哪時想回來的話，隨時歡迎。」可是我沒能說出口，因爲大日向搶在我之前開口了：

「多謝請我吃烤丸子……非常感謝你。」

終章

手應該能伸至任何地方

1 現在位置：19.1km處。剩餘距離：0.9km

我的鞋帶繫得緊緊的，腳踝的痛楚也減緩了，星之谷盃期間該處理的事已經解決，終點就在不遠處，但到這階段我已經不想跑了，悠悠地在幾乎無人的參道上漫步著，看著腳下的緩坡筆直地往前延伸。

穿過參道入口處的大鳥居，我回到賽道上。只要從剛剛的丸子店一路直走就能回到這兒，大日向應該不會迷路吧？我突然有些擔心起來，但還是別回頭看好了。我輕輕閉上眼後搖搖頭，再睜開雙眼，突然發現路旁停著一輛眼熟的越野腳踏車，我張望一下便看到里志盤著胳臂倚在附近的燈籠柱上。

「喲！」我還沒開口，里志搶先打了招呼，「這就叫隔牆有耳吧。聽說出現了抄捷徑的二人組，總務副委員長親自前來逮人了。」

被看到了啊，而且還如此體貼地向上通報。

「虧你找得到這裡來。」

「那是當然的，因爲那二人組進去的小巷，正是我告訴奉太郎的捷徑呀。」

是哦？我不記得了，不過我想我不會沒事去開發捷徑，所以里志說的應該沒錯。

「這下惹出麻煩了嗎？」我問。

里志聳起肩說：

「我不就是爲了讓事情永遠不見天日才跑這一趟嗎？」

「建議你以後當什麼都好，就是別去當警察。」

「那我去當稅務官好了，還是您希望得到正式的懲處呢？」里志用一副很無趣的模樣地回應，然後不等我回答便接著問：

「結果呢？談得如何？」

我回溯著這二〇公里之間的記憶，我問了每個人不同的問題，結果談得如何呢？我的結論如下：

「她決定不入社。」

「這樣啊。」里志似乎早已猜到，但還是忍不住微微嘆口氣，「那眞是遺憾了。」

接著他的視線移往我的身後。此刻的大日向想必在我後方緩坡上遙遠的某處，里志應該看不到她的身影。

「不過看樣子你已經知道她不入社的原因了吧？」

「爲什麼這麼覺得？」

「不然奉太郎就沒必要找大日向同學一對一談了……方便的話，講來聽聽吧？」

我無法答應里志。因爲說出大日向不入社的「原因」就必須說出讓大日向恐懼不已、並且無論如何都想隱瞞的事，何況這份恐懼甚至讓她深深懷疑千反田終有一天會揭穿她的祕密。就算對象是里志，我也不該說出來。里志似乎察覺到我的猶豫，率先踏出腳步地說：

了。」

「我不會勉強你，總之我們先走吧，你要是不趕快回到終點，我可就沒辦法下班

里志牽著他的越野腳踏車。我們倆並肩走在鋪著石子的參道上，似乎打從離開神山高中的操場後，我和他就是這樣一路向前同行。

他確實沒勉強我，也沒再多說什麼。但我無法把話憋在心裡，幽幽地開了口：

「是神高外面的問題。」

大日向害怕被揭發的犯罪是過去的事，而且那位「朋友」現在就讀的是別間高中。簡言之，大日向與她「朋友」之間的問題，是發生在神山高中外面的事。

「……我也稍微察覺到了。」里志說，「總覺得大概就是這麼回事。我其實很相信奉太郎你的推理能力，但一方面我也忍不住懷疑，就算你在星之谷盃的路上把一切都釐清楚，事情有可能挽回嗎？如果是學校外頭的事，我們是無能為力的。」

我想起里志在我剛出發沒多久時，提醒過我不要涉入太深，他說我對這件事一點責任也沒有。

「爲什麼你會覺得是外頭的事？」

里志雙手牽控著越野腳踏車的龍頭，靈活地聳聳肩說：

「沒什麼呀，只是我覺得大日向同學才剛入學，要是心裡有什麼事，應該和學校無關；再說我見到大日向同學的時候幾乎都是在外頭嘍。」里志仍望著前方地繼續說，「我們啊，說穿了不過只是高中生，校外的事是沒辦法插手的。奉太郎，這件事我們打從一開

始就是無能為力。」

是這樣嗎？

就我實際經歷過的經驗來講，里志說的沒錯。中學時代，鏑矢中學就是我們的世界；現在我們身為高中生，也沒辦法伸手到神山高中以外的地方去。

不過眞的是這樣嗎？如果平靜無波地度過高中生活，兩年後我們就將告別神山高中；如果繼續升學，並且依舊平靜無波地讀完大學，六年後我們就將告別所謂的學生生活。如果這一路下來我們始終認為自己不能把手伸往校外，一旦進入社會之後，恐怕會像突然被扔進荒野之中，看不清眼前的路也動彈不得。

所以，我認為應該不是這樣。一如千反田不斷接觸各式各樣大人世界的社交圈，一如我姊姊前往世界各地旅行，我們的手應該能夠伸至任何地方，就看我們是否有意願伸出手。

奉行節能主義的我當然沒有意願，然而，此刻我內心深處卻沉著一股鬱悶。

千反田說過，如果大日向心裡有煩惱，希望我能幫幫她；我當時答應她了，但我卻沒有幫上大日向任何忙。

理由再多都編得出來，反正我已經化解了大日向對千反田的誤會，剩下就是她自己的問題了，繼續插手就成了多管閒事……

但說不定我的考量不是出自於「因為不該多管閒事，所以別插手比較好」，而是「因為外頭的問題很麻煩，所以我不想插手」。先不論我是不是眞的能夠幫到她什麼，就心態而言，我現在的作法會不會根本是拋棄了大日向呢？

好累，腦子沒辦法好好思考，而對於里志好意安慰我的說詞，我也無法回說「是啊」或者「不是的」，我接下來出口的話語也僅是第一時間浮出腦海的念頭：

「里志，你對『ㄗㄨˇㄥ ㄉㄨㄛ ㄊㄚ ㄧㄚˇ』這個名字有印象嗎？」

但我的囁嚅太過小聲。

「嗯？你說什麼？」

「……沒事，沒什麼。」

我一直在想，大日向就算再怎麼恐懼自己和那位「朋友」的事被人發現，她會開始提防千反田也一定有個明確的導火線，譬如千反田曾不經意提到她那位「朋友」的名字。

我試著回想千反田在大日向面前清楚提過的人名，想到的只有她先前借畢業紀念冊查我家地址時所提過的「惣多」了。大日向會不會是聽到千反田和姓「惣多」的人有接觸而開始對她懷有戒心呢？

而且，那位「朋友」名字的發音可能是「ㄊㄚ ㄧㄚˇ」之類的字。因爲大日向和我坦承整件事的時候，唯一一次以「她呀」講到那個女生，但旋即改口，之後都叫她「那個人」，會不會是因爲名字發音類似，大日向怕被我察覺才刻意改口呢？

這都是非常薄弱的臆測，雖然只要問一下千反田便能確認，但我如果不是眞心想幫大日向，我想我沒有資格深入探問任何事情。

我們來到參道入口處的大鳥居下方，里志跨上越野腳踏車。

「接下來只剩回到學校這邊的義務了，好好跑完哦。」

我點點頭，目送里志踩著踏板離去，接著也踏出腳步。我一開始只是緩慢地奔跑，後來逐漸加快速度重回星之谷盃的賽道上。二年級生應該都已經跑回終點了，此刻我前後全是一年級生。我抬起臉，白色的戀合醫院倏地映入眼簾，等一下跑到醫院旁就可以看到神山高中在不遠的前方了。

一陣輕風拂來，我順勢回過頭看了一下。苦著臉跑步的一年級生當中並沒有那張淺褐色的笑臉。我究竟把她拋在多遠的後方獨自前進著？這段距離的概算，我已無從求得。

（全文完）

後記

大家好，我是米澤穗信。

本作的靈感來自邁可・拉文（Michael Z. Lewin）（註1）的《A型女人》（註2）。說得精準一點，是來自此書的英文原名《Ask the Right Question》。根據這書名，我所想像出來的推理故事便是本作的原型。（附帶一提，《A型女人》一書的內容與我想像的完全是兩回事，不過仍然是非常愉快的一次閱讀經驗。）

此外在構思階段，我的腦海還浮現出史蒂芬・金的《長征》（*The Long Walk*）。我當初讀完這本書的時候覺得太恐怖，甚至無法擺進書架上。由於曾受到如此強烈的衝擊，也難怪構思本作時腦中會出現這本書了。

不過我一進入撰稿階段，立刻察覺到這兩部作品有著一個決定性的差異——《長征》的主角，有著一同前行的伙伴。

但本作的主角卻獨自一人沿著賽道前進。

註1：美國作家，生於一九四二年，擅長寫警察程序小說，代表作品為中年刑警勞瑞・鮑德（Leroy Powder）系列作。

註2：此為日版譯名《A型の女》，本書為作者寫於一九七一年的推理小說出道作。

的。

這也沒辦法吧。如果在馬拉松大賽當中步行前進，是不可能與其他人維持相同步調的。

那麼就此停筆，期待能夠有下一部的「古籍研究社」系列作呈現給大家。

感謝您的閱讀。

二〇一二年四月

米澤穗信

解說

兩人距離的概算

Elish

※本文涉及故事重要情節，未讀正文者勿看。

古籍研究社四位成員升上二年級的同時，米澤穗信這個青春日常推理系列也來到了第五集。主角折木奉太郎這回得在學校馬拉松大賽途中解決事件，謎團則是預定即將入社的學妹大日向友子為何會突然變掛。為了釐清這個問題，便得從開學之初的社團招募活動開始，透過回憶仔細推敲發生過的每一件事。

這樣的劇情鋪陳方式，令人聯想起作者的成名小說《再見！妖精》。該書主角對短暫相處過的南斯拉夫美少女瑪亞念念不忘，但當初分離之際對方並未留下聯絡方式，甚至連她出身自南斯拉夫的哪一國都不曉得。為了能再次取得聯繫，又或者有個追尋的起點，少年嘗試透過自己的回憶，找出瑪亞家鄉位於何方的蛛絲馬跡。

《兩人距離的概算》和《再見！妖精》鋪排劇情的方式，同樣是在現實中回憶過往，在幾個獨立的日常之謎當中置放線索，最後將之統整並組合成全書主幹謎題的解答。於是實際上頗為相似的寫法帶來了極具趣味的對比。雖然篇幅長短上的差異也造成了影響，但《兩人距離的概算》在故事編排上的拿捏成熟許多。少了妖精一書中在置入線索與推理情節時，偶爾出現的生硬安排，自此可以察覺作者在寫作技巧上的進步。

「古籍研究社」系列各書往往都有劇情、寫作上的致敬對象。本作雖然同樣以邁可・拉文（Michael Z. Lewin）的「Albert Samson」系列第一作〈Ask the Right Question〉為發想源頭，但取材僅僅限於書名本身。可以說是作者被書名觸動靈感、進而延伸想像後撰寫出來的推理小說。

僅透過片段的原作資訊進行個人創作並非少見之事，例如日本漫畫之神手塚治虫亦憑德國經典科幻電影大都會（Metropolis，一九二七年）劇照，自行發想出屬於自己的大都會故事版本（有趣的是後來二〇〇一年的大都會動畫電影，劇本上的改編卻又往原版電影的方向貼近），也因此在創作中對參考對象一知半解不見得是壞事。模糊或者受限的認識，有時將帶來更龐大的想像空間；而當創作者以自身的內涵將之擴張、補足時，便能創作出獨屬於自己、擁有不同風格與特色的優秀作品。

在《兩人距離的概算》裡頭，〈Ask the Right Question〉是謎團本身的成因，同時也是角色所面臨的考驗。整趟漫長的馬拉松路途中，奉太郎只有極短的時間能夠進行詢問，為此他必須把握機會找出有助於解決謎團的正確問題；另一方面，身為新社員的學妹最後會做出退社決定，也是她本身對問題的選擇所引發的結果。

但其實追根究底，問對問題不只在本書是重要關鍵，在所有的推理小說中亦復如是，因為這代表了解謎者的思考在朝對的方向前進。倘若基於種種理由，不慎在途中摸錯路，線索全組不起來倒也還好，起碼可以知道跑錯方向要回頭；最可怕的是明明想錯方向，但每塊拼圖竟然都好像拼得出東西、那東西竟然看起來也還不錯……於是接下來自然錯錯相連至天邊，弄不好還容易導致推理者惱羞成怒而不願正視現實，讓真相掩埋於黑暗中。

也因此，Ask the Right Question的重要性著實不容小覷，否則也不會有諸多警察程序小說時不時強調，一旦在開頭的黃金時刻追錯方向，破案率很快便會降到令人膽顫心驚的數字（說到這，厄爾・畢格斯（Earl Derr Biggers）的「陳查禮」系列作的帷幕背後（Behind That Curtain）對此亦做過有趣的安排：一個成功得莫名其妙的誤導，要說漂亮其實還好，但當結尾揭曉時確實令人忍不住莞爾一笑。）

如何判別線索提出正確問題進而找出解答，並沒有一定的法則，就連經驗豐富也可能反過來成為誤事的因素。閱讀這一連串思考與邏輯推演的過程，甚至只看著人類面對這些難題和挑戰的方法及經歷，本身即是推理小說的樂趣之一。故事中奉太郎透過累積了數次正確問題來限縮可能的範圍，配合回憶裡的蛛絲馬跡成功找出正確解答。相較之下為了解除自己內心的不安、試圖確認自己的懷疑為真，大日向學妹一次又一次的詢問卻更加偏離真實，陷入不安所製造出的迷霧陷阱，最終因此做出遺憾卻也無可奈何的決定。

這連帶讓人想起本作書名《兩人距離的概算》。

在《繞遠路的雛偶》的解說中曾提及，友情是種可以自行拿捏距離的關係。但說來容易做來難，實際該如何拿捏卻是個尷尬且困難的問題。一樣米養百種人，每個人對友情的認知與需求都不同，也不見得都能做出理想的選擇。於是因為計算錯誤而產生負面結果的事例時有所聞，想來總令人十分頭痛。

英國詩人約翰．鄧恩（John Donne）曾在他著名詩作〈No man is an island〉中詠嘆：「人非孤島，無人可自全（No man is an island, entire of itself）」。人類是社會的動物，絕大多數人無論透過什麼，總需要與其他同種類生物有所連結，才得以在某種程度上感到安適；然而人心隔肚皮，相處起來很容易茲生問題。你想的不一定和我想的相同，我渴望的也不見得你會想要。即便感受差異也算是相處趣味的一種，但當造成痛苦、不安、害怕等負面情緒時，友情也將無以為繼——無論那一切在當下或曾經有多重要。

人生無不散的宴席，而且不見得是好聚好散。

大日向學妹對變質的友誼感到害怕，她一方面惋惜於美好時光的逝去，卻也感到解脫。在這樣的她眼中，古籍研究社成員的相處模式，正是她所嚮往卻失去的人際關係。感到羨慕的她加入社團，或許也沒有認真融入其中的打算，只是喜歡那股氛圍而想在旁邊看著，卻是一串誤會的開始。

人時常會放大內心的所思所想，誤以為他人正盤算著自己在意的事。當大日向為了朋友可能帶來的麻煩而憂心，也不自覺將周遭無關的事件、言語加以連結，並被奉太郎注意到的的盲點所迷惑。疑心生暗鬼的結果，變成處處都是鬼。錯誤的出發點帶來錯誤的問題，無論得到什麼答案，想必最後都會覺得對方看上去宛若菩薩吧。

奉太郎在馬拉松大賽裡，原本企圖計算和談話對象的距離，但很快發現數學公式在現實中幾乎無用武之地。先不說如何確定他人的行進速度，就連自己的速度都難以穩定控制。除非按策略主動縮短距離，否則想接觸即便不是難如登天，至少也非容易之事。友情的建立與維繫就某方面而言也是如此，若將人生視作馬拉松，那每名跑者也都在獨自前行，持續著永不間斷的相遇、陪伴與分離。

人和人之間的誤會並不是找出真相就能得到美好結局，在推理小說謎團揭曉的那一刻，故事人物的苦澀才正要開始。哪怕疑慮得到解除，但破壞已難挽回。即便並非不可逆，但想彌補破損的關係終究不容易，也不見得想去做。究竟該如何才能計算出與他人合適的距離呢?或許在青春時代重重摔上幾跤，便是在往後人生建立起友誼方法論的必經試煉吧。

兩人間距離的概算，還真不是件容易的事呢。

本文作者介紹
elish，業餘作家，部落格ELISH的蘇哈地的主人。

國家圖書館出版品預行編目資料

兩人距離的概算 / 米澤穗信著 ; 阿夜譯. -- 初版.--.臺北市：獨步文化, 城邦文化出版：家庭傳媒城邦分公司發行， 民102.
面　；　公分. --（日本推理名家傑作選；47）

譯自：ふたりの距離の概算

ISBN 978-986-6043-65-9（平裝）

FUTARI NO KYORI NO GAISAN

Edited by KADOKAWA SHOTEN
First published in Japan in 2012 by
KADOKAWA CORPORATION, Tokyo.
Chinese translation rights arranged with
KADOKAWA CORPORATION, Tokyo,
through TOHAN CORPORATION, Tokyo.

ISBN 978-986-6043-65-9
Printed in Taiwan

城邦讀書花園
www.cite.com.tw

日本推理名家傑作選 47 **兩人距離的概算**

原著書名／ふたりの距離の概算
原出版社／角川書店
作者／米澤穗信
翻譯／阿夜
責任編輯／詹凱婷
編輯總監／劉麗真
事業群總經理／謝至平
榮譽社長／詹宏志
發行人／何飛鵬
出版／獨步文化
城邦文化事業股份有限公司
115 台北市南港區昆陽街16號4樓
電話：(02) 2500-7696
傳真：(02) 2500-1951
發行／英屬蓋曼群島商家庭傳媒股份有限公司
城邦分公司
115 台北市南港區昆陽街16號8樓
讀者服務專線／(02)2500-7718; 2500-7719
24 小時傳真服務／(02)2500-1990; 2500-1991
服務時間／週一至週五：09:30～12:00
13:30～17:00
讀者服務信箱／service@readingclub.com.tw
劃撥帳號／19863813　戶名／書虫股份有限公司
總經銷／大和書報圖書股份有限公司
電話：(02)8990-2588；8990-2568
傳真：(02)2290-1658；2290-1628
香港發行所／城邦（香港）出版集團有限公司
香港九龍土瓜灣土瓜灣道86號順聯工業大廈6樓A室
電話／(852) 2508-6231　傳真／(852) 2578-9337
E-mail／hkcite@biznetvigator.com
馬新發行所／城邦（馬新）出版集團
Cité (M) Sdn. Bhd.
41, Jalan Radin Anum, Bandar Baru Sri Petaling,
57000 Kuala Lumpur, Malaysia.
電話：(603) 90563833　傳真：(603)90576622
E-mail：services@cite.my

封面設計／戴翊庭
印刷／中原造像股份有限公司
排版／浩瀚電腦排版股份有限公司
□2013 年 11 月初版
□2024 年 5 月 21 日初版 24 刷
定價／280 元

獨步文化
APEX PRESS

廣　告　回　函
北區郵政管理登記證
台北廣字第000791號
郵資已付，免貼郵票

115台北市南港區昆陽街 16 號 8 樓

英屬蓋曼群島商家庭傳媒股份有限公司
城邦分公司

請沿虛線對摺，謝謝！

獨步文化
APEX PRESS

書號：1UC047　書名：兩人距離的概算　編碼：

請於此處用膠水黏貼

獨步文化 APEX PRESS

讀者回函卡

謝謝您購買我們出版的書籍！

請費心填寫此回函卡，我們將不定期寄上城邦集團最新的出版訊息。

姓名：＿＿＿＿＿＿＿＿ 性別：□男 □女

生日：西元＿＿＿＿年＿＿＿＿月＿＿＿＿日

地址：＿＿＿＿＿＿＿＿

聯絡電話：＿＿＿＿＿＿＿＿ 傳真：＿＿＿＿＿＿＿＿

E-mail：＿＿＿＿＿＿＿＿

學歷：□1.小學 □2.國中 □3.高中 □4.大專 □5.研究所以上

職業：□1.學生 □2.軍公教 □3.服務 □4.金融 □5.製造 □6.資訊

□7.傳播 □8.自由業 □9.農漁牧 □10.家管 □11.退休

□12.其他＿＿＿＿＿＿＿＿

您從何種方式得知本書消息？

□1.書店 □2.網路 □3.報紙 □4.雜誌 □5.廣播 □6.電視

□7.親友推薦 □8.其他＿＿＿＿＿＿＿＿

您通常以何種方式購書？

□1.書店 □2.網路 □3.傳真訂購 □4.郵局劃撥 □5.其他

您喜歡閱讀哪些類別的書籍？

□1.財經商業 □2.自然科學 □3.歷史 □4.法律 □5.文學

□6.休閒旅遊 □7.小說 □8.人物傳記 □9.生活、勵志 □10.其他

對我們的建議：＿＿＿＿＿＿＿＿

為提供訂購、行銷、客戶管理或其他合於營業登記項目或章程所定業務需要之目的，家庭傳媒集團（即英屬蓋曼群島商家庭傳媒股份有限公司城邦分公司、城邦文化事業股份有限公司、書虫股份有限公司、墨刻出版股份有限公司、城邦原創股份有限公司），於本集團之營運期間及地區內，將以mail、傳真、電話、簡訊、郵寄或其他公告方式利用您提供之資料（資料類別：C001、C002、C003、C011等）。利用對象除本集團外，亦可能包括相關服務的協力機構。如您有依個資法第三條或其他需服務之處，得洽詢本公司服務信箱cite_apexpress@cite.com.tw請求協助。相關資料不提供亦不影響您的權益。

□我已詳讀權利義務之相關條款，並同意遵守。

請於此處用膠水黏貼